Carlo Collodi

As aventuras de Pinóquio

Pé da letra

1.ª edição – Cotia, 2019

www.editorapedaletra.com.br

Direção editorial	James Misse
Edição	Andressa Maltese
Capa	Leonardo Malavazzi
Diagramação	Lucas Coutinho
Tradução e adaptação	Manuela Garanhani Lopes de Mello
Revisão de Texto	Marcelo Montoza
	Nilce Bechara

Dados Internacionais de Catalogação na Publicação (CIP)
Angélica Ilacqua CRB-8/7057

Collodi, Carlo, 1826-1890
As aventuras de Pinóquio / Carlo Collodi ; [tradução de Manuela Garanhani Lopes de Mello]. – 1. ed. – Cotia, SP : Pé da Letra, 2023.
144 p. : il. ; color. 13,5 x 20 cm

ISBN 978-65-5888-720-1
Título original: Le avventure di Pinocchio

1. Literatura infantojuvenil italiana I. Título II. Mello, Manuela Garanhani Lopes de

23-0817 CDD 028.5

Índices para catálogo sistemático:
1. Literatura infantojuvenil italiana

I

Como o mestre Cereja, carpinteiro, encontrou um pedaço de madeira que chorava e ria como uma criança.

Era uma vez...

— Um Rei! — dirão rapidamente meus pequenos leitores.

Não, crianças, vocês estão equivocadas. Era uma vez um pedaço de madeira.

Não era uma madeira luxuosa, era um simples pedaço de lenha que no inverno é colocado nas lareiras e estufas para fazer fogo e esquentar os cômodos.

Não lembro como aconteceu, mas um dia esse pedaço de madeira chegou à oficina de um velho carpinteiro, o mestre Antônio, mas que todos chamavam de Cereja, porque a ponta do seu nariz estava sempre brilhante e vermelha como uma cereja madura.

Ao ver aquele pedaço de madeira, mestre Cereja ficou muito contente e, esfregando as mãos de alegria, murmurou a meia voz:

— Esta madeira chegou na hora certa! Com ela farei o pé de uma mesinha.

Dito e feito. Em seguida, pegou um machado afiado para retirar a casca e desbastá-la. No momento em que ia dar o primeiro golpe, permaneceu com o braço levantado, porque ouviu uma voz muito suave que disse:

— Não me golpeie com força!

Imaginem como ficou o rosto do velhinho!

Com os olhos espantados, procurou por todo o cômodo para ver de onde aquela voz poderia ter saído, mas não viu ninguém. Olhou embaixo de um banco, e nada; olhou dentro de um armário que estava sempre fechado, e nada; olhou nas cestas com aparas e serragem, e nada; abriu a porta da oficina para dar uma olhada na rua, e nada ali apareceu. Então?

— Já sei! — disse, rindo e coçando a peruca. — É claro que essa voz foi fruto da minha imaginação. Voltarei ao trabalho.

E, pegando novamente o machado, deu um golpe muito forte no pedaço de madeira.

— Ai! Você me machucou! — gritou, queixando-se, a voz.

Dessa vez o mestre Cereja ficou com os olhos arregalados de medo, quase saindo das órbitas, com a boca aberta e a língua pendurada no queixo como as caretas dessas estátuas de chafariz.

Quando conseguiu recuperar a fala, começou a dizer, tremendo pelo susto:

— Mas de onde saiu essa voz que disse "Ai"? Aqui não há uma alma. Será possível que este pedaço de madeira aprendeu a chorar e a reclamar como uma criança? Não acredito. A madeira está aqui, é um pedaço de madeira pra queimar, como qualquer outro pedaço, e serve pra ser colocado no fogo e fazer ferver uma panela de feijão. Então? Alguém terá se escondido aqui? Se alguém se escondeu, será pior pra ele. Vou resolver isso!

Em seguida pegou aquela pobre madeira com ambas as mãos e bateu-a, sem piedade, contra as paredes da oficina. Depois ficou tentando ouvir alguma voz lamentando-se. Esperou dois minutos, e nada; cinco minutos, e nada; dez minutos, e nada.

— Já sei! — disse, fazendo um esforço para rir e coçando a peruca. — Tenho certeza de que imaginei essa voz que disse "Ai!". Voltarei ao trabalho.

Como o medo havia tomado conta dele, tentou cantarolar para encorajar-se.

No entanto, abandonou o machado e pegou uma escova para escovar e polir o pedaço de madeira. Porém, enquanto o escovava por baixo, ouviu a mesma voz de alguém que estava rindo:

— Pare! Você está me fazendo cócegas!

Dessa vez o pobre mestre Cereja caiu fulminado. Quando voltou a abrir os olhos, viu-se sentado no chão. Seu rosto estava transfigurado, e até a ponta do nariz, que quase sempre estava vermelha, tinha ficado azul de medo!

II

O mestre Cereja dá o pedaço de madeira de presente ao seu amigo Geppetto, que o aceita para fabricar um maravilhoso boneco que dance, lute esgrima e dê saltos-mortais.

Naquele momento chamaram na porta.

— Pode entrar — disse o carpinteiro, sem forças para ficar de pé.

Entrou na oficina um velhinho exuberante chamado Geppetto. As crianças da vizinhança, quando queriam deixá-lo nervoso, chamavam-no pelo apelido — Polenta — por sua peruca amarela que tinha uma coloração semelhante à do milho.

Geppetto era cabeça quente. Coitado daquele que o chamasse de Polenta! Imediatamente ele ficava furioso e ninguém conseguia detê-lo.

— Bom dia, mestre Antônio — disse Geppetto. — O que faz aí no chão?

— Estou ensinando matemática às formigas.

— Bom proveito!

— O que o trouxe por aqui?

— As pernas. O senhor deve imaginar, mestre Antônio, que eu tenha vindo lhe pedir um favor.

— Aqui estou, à sua disposição — respondeu o carpinteiro, levantando-se e ficando de joelhos.

— Esta manhã tive uma ideia que não sai da minha cabeça.

— Conte-me.

— Pensei em fabricar um bonito boneco de madeira. Um boneco maravilhoso que saiba dançar, lutar esgrima e dar saltos-mortais. Quero percorrer o mundo com esse boneco para ganhar um pedaço de pão e um copo de vinho. O que acha?

— Muito bem, Polenta! — disse a mesma voz ouvida um pouco antes pelo mestre Cereja.

Ao ouvir que fora chamado de Polenta, Geppetto ficou com raiva, vermelho como um pimentão. Virando-se para o carpinteiro, disse-lhe, nervoso:

— Por que me ofendeu?

— Quem o ofendeu?

— Chamou-me de Polenta!

— Não fui eu.

— Era só o que me faltava, como se tivesse sido eu quem falou! Estou dizendo que foi o senhor que me chamou!

— Não!

— Sim!

— Não!

— Sim!

E o clima foi esquentando, passaram das palavras às vias de fato, agarrando-se, batendo-se, arranhando-se, mordendo-se e machucando-se. Acabada a briga, mestre Antônio se deu conta de que estava com a peruca amarela de Geppetto nas mãos, e este se deu conta de que tinha na boca a peruca de cabelos brancos do carpinteiro.

— Devolva minha peruca! — disse o mestre Antônio.

— Você devolve a minha, e fazemos as pazes!

Os dois velhos, depois de terem trocado as perucas, apertaram as mãos e juraram que seriam bons amigos por toda a vida.

— Olhe, compadre Geppetto — disse o carpinteiro, num gesto de paz —, em que posso ajudá-lo?

— Gostaria de um pouco de madeira para fabricar um boneco. Poderia me dar?

Mestre Antônio, muito contente, foi pegar aquele pedaço de madeira que tanto medo lhe causara. Mas, quando estava para entregá-lo ao seu amigo, o pedaço de madeira se sacudiu, fugiu de suas mãos violentamente e foi golpear com força as canelas magras do coitado do Geppetto.

— Ah! É dessa forma que o senhor dá de presente a madeira, mestre Antônio? Quase me deixa manco.

— Juro que não foi minha culpa!

— Então deve ter sido minha!

— É culpa dessa madeira.

— Já sei que foi a madeira, mas foi o senhor quem a jogou nas minhas pernas.

— Eu não a arremessei!

— Mentiroso!

— Geppetto, não me ofenda, senão eu o chamo de Polenta!

— Burro!

— Polenta!

— Besta!

— Polenta!

— Feio!

— Polenta!

Ao ouvir que era chamado de Polenta pela terceira vez, Geppetto perdeu as estribeiras, jogou-se sobre o carpinteiro, e ambos se atracaram.

Acabada a batalha, mestre Antônio viu dois arranhões a mais em seu nariz, e o outro, dois botões a menos na sua jaqueta. Depois de acertarem as contas, apertaram as mãos e juraram que seriam bons amigos por toda a vida.

Dessa forma, Geppetto pegou seu pedaço de madeira e, agradecendo ao mestre Antônio, voltou para casa mancando.

III

Chegando a casa, Geppetto começa a talhar o seu boneco e lhe dá o nome de Pinóquio. As primeiras travessuras do boneco.

A casa de Geppetto era térrea e a luz entrava por uma claraboia. Os móveis não poderiam ser mais humildes. Uma cadeira ruim, uma cama que não era muito boa e uma mesinha muito estragada. Na parede do fundo da sala via-se uma lareira com o fogo aceso, porém o fogo era pintado e junto dele havia uma panela, também pintada, que soltava uma nuvem de fumaça que parecia de verdade.

Assim que entrou em casa, Geppetto pegou as ferramentas e começou a talhar e confeccionar seu boneco.

— Que nome darei a ele? —perguntava-se. — Vou chamá-lo de Pinóquio, pois esse nome lhe dará sorte. Eu conheci uma família inteira de Pinóquios: Pinóquio pai, Pinóquio mãe, Pinóquios crianças, e todos viviam muito bem. O mais rico deles pedia esmola.

Quando escolheu o nome do seu boneco, começou a trabalhar apressadamente e logo fez o cabelo, depois a testa e em seguida os olhos. Depois que terminou os olhos, percebeu que eles se mexiam e o olhavam fixamente. Imaginem o susto! Geppetto, ao se sentir observado por aqueles olhos de madeira, ficou incomodado e perguntou, em tom de queixa:

— Olhões de madeira, por que me olham?

Ninguém respondeu. Então, depois dos olhos, ele fez o nariz. Porém, logo depois que ficou pronto, o nariz começou a crescer. E cresceu tanto que em poucos minutos era um narigão sem fim! O coitado do Geppetto cortou-o até ficar cansado, mas aquele nariz impertinente continuava crescendo!

Depois do nariz ele fez a boca. Nem havia acabado de fazê-la e ela já estava começando a caçoar e a rir dele.

— Pare de rir! — disse Geppetto irritado, mas foi em vão. — Repito: Pare de rir! — gritou em tom ameaçador.

Foi então que a boca parou de rir, mas botou a língua para fora. Geppetto, que não queria estragar seu boneco, fingiu que não viu e continuou trabalhando. Depois da boca fez o queixo, o pescoço, os ombros, a barriga, os braços e as mãos.

Terminando as mãos, Geppetto sentiu que puxaram sua peruca. Virou-se, e o que viram seus olhos? Sua peruca amarela nas mãos do boneco.

— Pinóquio... devolva a minha peruca agora!

Pinóquio, em vez de devolvê-la, colocou-a na cabeça, ficando meio coberto por ela. Ao vê-lo insolente e mal-educado, Geppetto ficou muito triste e melancólico como nunca havia estado em sua vida. E, voltando-se para Pinóquio, disse:

— Criança travessa! Você nem está pronto e já começou a desrespeitar seu pai! Muito ruim! Isso é muito ruim! — E secou uma lágrima que caía.

Só faltavam as pernas e os pés para fazer. Quando Geppetto acabou de fazer os pés, recebeu um chute na ponta do nariz.

— Eu mereço! — disse a si mesmo. — Devia ter pensado nisso antes. Agora é tarde!

Pegou o boneco e o colocou no chão para fazê-lo andar. Pinóquio tinha as pernas moles e não sabia se mexer, por isso Geppetto o segurava pela mão para ensiná-lo a caminhar. Um pé após o outro. Pouco tempo depois, Pinóquio começou a andar sozinho e a correr pela casa, até que atravessou a porta e foi para a rua, em fuga.

O coitado do Geppetto corria atrás dele sem alcançá-lo, porque o maroto do Pinóquio andava aos pulos como um coelho e golpeava os pés de madeira no pavimento da rua. Fazia tanto barulho que parecia o som de vinte pares de tamancos camponeses.

— Peguem ele! Peguem ele! — gritava Geppetto.

Porém, as pessoas que estavam na rua, ao verem aquele boneco de madeira que corria enlouquecido, paravam admiradas para olhar e riam, riam, riam sem parar...

Finalmente chegou um guarda que, ao ver toda aquela confusão, pensou que fosse um potro que tivesse escapado de seu dono. Então ele ficou, corajosamente, no meio da rua com as pernas abertas para pará-lo e impedir que acontecesse uma desgraça. Pinóquio, que viu de longe o guarda ocupando a rua, deu seu jeito para tentar passar de surpresa entre as pernas dele, mas falhou na tentativa. O guarda, sem se mexer, pegou-o facilmente pelo nariz (era um narigão desproporcional, que parecia feito para ser pego por guardas) e o entregou para Geppetto. Este, para castigá-lo, queria lhe dar um bom puxão de orelha. Mas imaginem como ele ficou quando, ao procurar as orelhas, não conseguiu encontrá-las. Sabem por quê? Porque com a pressa ele se esquecera de fazê-las.

Foi então que o pegou pelo cangote e, enquanto o levava, disse-lhe, balançando de maneira ameaçadora a cabeça:

— Vamos pra casa! Quando chegarmos lá, vamos acertar as contas, não duvide!

Pinóquio, ante essa perspectiva, jogou-se no chão e não quis mais andar. No entanto, curiosos e enxeridos começaram a rodeá-los e a formar um tumulto. Todos eles tagarelavam.

— Coitado do boneco! — diziam alguns. — Tem razão em não querer voltar pra casa. Quem sabe o quanto ele irá apanhar desse brutamonte do Geppetto!

Outros acrescentavam de forma maldosa:

— Geppetto é uma boa pessoa, porém é um tirano com as crianças! Se deixarem esse pobre boneco em suas mãos, ele será capaz de moê-lo.

Finalmente, tanto falaram que o guarda libertou Pinóquio e colocou o coitado do Geppetto na cadeia. Este, sem ter palavras para se defender, chorava como um bezerro e, no caminho da cadeia, dizia soluçando:

— Que desgraça de filho! Pensar que trabalhei tanto para fazê-lo bem! Eu mereço! Devia ter pensado nisso antes!

O que aconteceu depois é uma história incrível, e eu a contarei nos próximos capítulos.

IV

A história de Pinóquio com o Grilo Falante, aquele que irrita as crianças por corrigi-las e saber mais do que elas.

Meninos e meninas, vou lhes contar que, enquanto levavam o coitado do Geppetto para a prisão, sem ter culpa alguma, o maroto do Pinóquio tinha se livrado das garras do guarda e corria pelos campos para chegar logo a casa. Na sua corrida furiosa pulava pequenos penhascos, cercas de amoreiras e fossos de água, da mesma forma que faria um cervo ou um coelho perseguido por caçadores.

Quando chegou a casa, encontrou a porta entreaberta. Empurrou-a, entrou e, quando fechou o trinco da porta, sentou-se no chão, dando um grande suspiro de felicidade. Mas durou pouco tempo sua felicidade, pois ouviu um ruído no seu quarto.

— Cri-cri-cri!

— Quem me chama? — perguntou Pinóquio, muito assustado.

— Sou eu.

Pinóquio virou-se e viu um enorme grilo que subia lentamente pela parede.

— Diga-me, grilo, quem é você?

— Sou o Grilo Falante e moro neste quarto há mais de cem anos.

— Mas hoje este quarto é meu — disse o boneco —, e me faça um favor: vá embora daqui rápido.

— Não sairei daqui — respondeu o Grilo — sem lhe dizer uma grande verdade.

— Diga logo e vá.

— Coitadas das crianças que se rebelam contra os pais e abandonam sua casa por um capricho! Não conseguirão nada de bom neste mundo e, cedo ou tarde, irão se arrepender amargamente.

— Cante, Grilo, cante o que você quiser. Só sei que amanhã, bem cedo, vou embora daqui, pois se eu ficar vou ter que fazer como todas as crianças: ir à escola. Por bem ou por mal, terei que estudar. E, já que você é de confiança, digo-lhe que não quero estudar e que me divirto mais correndo atrás de borboletas e subindo em árvores pra roubar ninhos de passarinhos.

— Pobre coitado! Não sabe que, ao se comportar assim, quando você crescer será um grande burro e todos vão rir da sua cara?

— Cale-se, Grilo agourento! — gritou Pinóquio.

E o Grilo, que era paciente e sábio, em vez de se incomodar com o pedido impertinente, continuou com calma:

— Se você não gosta da escola, não deveria aprender um ofício pra poder ganhar seu pão de forma honrada?

— Você quer que eu lhe conte? — perguntou Pinóquio, que começava a ficar impaciente. — Entre todos os ofícios do mundo, só há um que me agrada.

— E qual seria?

— O de comer, beber, dormir e me divertir, de manhã até a noite, o ofício de vagabundo.

— Então devo lhe avisar — disse o Grilo Falante, com sua paciência costumeira — que todos os que têm esse ofício acabam, quase sempre, em algum hospital ou na cadeia.

— Cuidado, Grilo agourento! Se eu ficar nervoso... Coitado de você!

— Coitado é você, Pinóquio! Você me dá pena...

— Por que eu lhe dou pena?

— Porque você é um boneco e, pra piorar, tem a cabeça dura como madeira.

Ao ouvir essas últimas palavras, Pinóquio levantou-se, enfurecido, pegou um martelo que estava em cima de um banquinho e o jogou no Grilo Falante.

O Grilo pensou que não seria atingido, mas, infelizmente, o martelo o acertou na cabeça, tanto que não teve tempo de fazer cri-cri-cri. Ficou parado, no mesmo lugar, duro e amassado na parede.

V

Pinóquio tem fome e vai procurar um ovo para fazer uma omelete, porém ela sai voando pela janela.

Anoiteceu e Pinóquio, lembrando que não havia comido nada, sentiu sua barriga roncar, com apetite. Mas o apetite nas crianças é muito voraz. Em poucos minutos tornou-se fome, e a fome, em um piscar de olhos, tornou-se uma fome de avestruz.

Pinóquio foi até o fogo onde havia uma panela fervendo. Tentou tirar a tampa e ver o que tinha dentro... mas a panela estava pintada na parede. Imaginem como ele ficou! Seu nariz, que já era grande, ficou pelo menos uns quatro dedos maior.

Foi então que procurou pelo cômodo inteiro e em todas as gavetas e esconderijos um pedaço de pão, ainda que fosse um pouco de pão duro, uma casquinha, um osso esquecido por um cachorro, um pouco de polenta estragada, um resto de peixe, um cabo de cereja, qualquer coisa para mastigar. Não encontrou nada, absolutamente nada.

No entanto, sua fome aumentava, aumentava cada vez mais. O coitado do Pinóquio não achava nenhum alívio para sua fome. Nem bocejar adiantava. Dava bocejos tão grandes que muitas vezes a sua boca quase encostava nas orelhas. Quando terminava o bocejo, ele cuspia, e sentia como se seu estômago estivesse caindo.

Foi então que, chorando desesperado, disse:

— O Grilo Falante tinha razão! Eu fui muito ruim ao ser desobediente com meu pai e fugir de casa... Se meu pai estivesse aqui, eu não morreria de fome! Que coisa horrível é esta fome!

E, de repente, achou que no lixo tivesse algo redondo e branco como um ovo de galinha. Ele deu um salto e lançou-se em direção ao ovo num instante. Sim, era um ovo.

É impossível descrever a alegria do boneco, devemos imaginá-la. Ele se sentia num sonho, passava o ovo de mão em mão, acariciava-o e o beijava, dizendo:

— Como vou cozinhá-lo agora? Farei uma omelete? Não, melhor cozido... não, talvez seja melhor frito, não é? E se eu o fizesse *poché*? Não, o mais rápido seria frito. Tenho muita vontade de comê-lo!

Dito e feito. Pôs o ovo numa panela acima do braseiro que estava cheio de brasas. Na panela, em vez de óleo ou manteiga, pôs um pouco de água. Quando a água começou a ferver... ploc! Quebrou a casca do ovo e o jogou dentro da panela. Mas, em vez de cair gema e clara, saiu um pintinho muito alegre e educado que lhe disse, fazendo uma reverência:

— Muito obrigado, senhor Pinóquio, por ter economizado o meu trabalho de quebrar a casca! Adeus, fique bem, cumprimentos à família.

Depois disso, abriu as asas e atravessou a janela, que estava aberta, e voou a perder de vista.

O coitado do boneco ficou paralisado, com os olhos fixos, com a boca aberta e com as cascas do ovo na mão. Quando se recuperou do susto, começou a chorar, gritar, espernear em desespero, enquanto dizia:

— O Grilo Falante tinha razão! Se eu não tivesse fugido de casa e meu pai estivesse aqui, agora eu não morreria de fome. Que coisa horrível é esta fome!

E como seu corpo protestava cada vez mais, e ele não sabia o que fazer para acalmá-lo, pensou em sair de casa e ir para a aldeia vizinha com a esperança de encontrar alguma alma caridosa que lhe desse de esmola um pedaço de pão.

VI

Pinóquio dorme com os pés sobre o braseiro e pela manhã acorda com eles queimados.

Aquela era uma terrível noite de inverno. Trovoava muito forte, os relâmpagos dominavam o céu como se este pegasse fogo; havia uma ventania gelada e incômoda que soprava com fúria levantando grandes nuvens de pó e chacoalhando as árvores da planície.

Pinóquio tinha medo dos trovões e dos relâmpagos, mas a fome era mais forte que o medo. Desse modo, abriu as portas de casa e correu aos saltos até chegar à vila, com a língua para fora e sem fôlego como um cachorro de caça.

Encontrou tudo escuro e deserto. As tendas estavam fechadas, as portas das casas e as janelas também, e na rua não havia ninguém. Parecia uma aldeia fantasma.

Foi então que Pinóquio, por causa do desespero e da fome, pegou a corda de um sino que estava na frente de uma casa e começou a tocá-lo com força pensando: "Alguém vai aparecer". Realmente, apareceu um velhinho, vestido com seu gorro de dormir, que gritou muito bravo:

— O que você quer a esta hora?

— Você poderia me dar um pedaço de pão, por favor?

— Espere, eu volto já — respondeu o velho, que achou que Pinóquio fosse um daqueles rapazes travessos que se divertem pela noite chamando todas as casas para incomodar as pessoas honradas que estão dormindo tranquilamente.

Depois de meio minuto a janela voltou a ser aberta, e a voz do velhinho gritou para Pinóquio:

— Fique aqui embaixo e prepare seu chapéu!

Pinóquio, que não tinha um chapéu, aproximou-se e sentiu que caía sobre ele um balde de água que o molhou da cabeça aos pés como se ele fosse um vaso de flores murchas.

Voltou para casa molhado como um pintinho, esgotado pelo cansaço e pela fome. Como estava sem forças para ficar de pé, sentou-se, apoiando os pés encharcados e cheios de lama em cima de um braseiro que estava aceso.

Foi ali que ele adormeceu, e, enquanto dormia, seus pés, que eram de madeira, foram sendo queimados e viraram carvão e depois cinzas.

Pinóquio continuou dormindo e roncando como se os pés não fossem seus, e sim de outra pessoa. Quando o dia raiou, ele finalmente acordou, porque alguém o chamava na porta.

— Quem é? — perguntou, bocejando e esfregando os olhos.

— Sou eu — respondeu uma voz.

Ele reconheceu aquela voz, era a de Geppetto.

VII

Geppetto volta para casa e dá ao boneco a comida que tinha trazido para se alimentar.

Pinóquio, com os olhos carregados de sono, não tinha percebido que seus pés estavam queimados. Assim que ouviu a voz do seu pai, deu um pulo para abrir o trinco da porta, mas depois de dar dois ou três tropeções, caiu de cara no chão.

Ao cair fez o mesmo barulho de panelas arremessadas do quinto andar.

— Abra! — gritava Geppetto, enquanto aguardava na rua.

— Não consigo, pai! — respondeu o boneco, chorando e dando cambalhotas no chão.

— Como assim você não consegue?

— Meus pés foram comidos.

— Quem os comeu?

— O gato! — disse Pinóquio ao ver que o gato se divertia enquanto brincava com umas lascas de madeira.

— Estou mandando você abrir! — repetiu Geppetto. — Senão, quando eu entrar em casa, eu vou lhe mostrar o que o gato pode fazer!

— Não consigo ficar de pé, acredite. Coitado de mim! Terei de andar de joelhos a vida toda!

Geppetto, achando que aquele choro fosse uma nova travessura do boneco, decidiu acabar com ela. Subiu pelo muro e entrou pela janela.

Primeiramente, pensou em agir, mas quando viu o seu Pinóquio jogado no chão e sem os pés, começou a tremer. Pegou-o no colo e o beijou, dando-lhe todo tipo de carinho. Lágrimas grossas caíam nas suas bochechas e ele disse, soluçando:

— Meu pequeno Pinóquio! Como você queimou os pés?

— Não sei, papai, mas acredite que foi uma noite terrível e que eu não a esquecerei enquanto viver. Trovejou, relampejou e eu tinha muita fome. Então o Grilo Falante me disse: "É merecido, você foi mau e isso é justo", e eu retruquei: "Cuidado, Grilo!". E ele continuou: "Você é um boneco e tem a cabeça dura como madeira". Foi então que arremessei um martelo nele, e ele morreu. Mas a culpa foi dele, eu não queria matá-lo. Depois eu coloquei uma panela no fogo, mas um franguinho saiu e me disse: "Adeus, mande saudações à família". E a minha fome só aumentava. E foi por isso que um velhinho com gorro de dormir apareceu na janela e me disse: "Fique aqui embaixo e prepare seu chapéu", e me arremessou um balde de água na cabeça. Pedir um pedaço de pão não é vergonhoso, não é? E foi aí que voltei pra casa com fome. Como estava cansado, apoiei os pés sobre o braseiro pra ficar seco. Foi aí que o senhor voltou, e eu vi que eles estavam queimados, e eu continuo com fome, mas agora estou sem os pés... Ai! Ai! Ai! Ai!

Pinóquio chorava tão forte que dava para ouvi-lo a cinco quilômetros dali. Geppetto, que de tudo aquilo só entendeu que o boneco estava com fome, tirou do bolso três peras e deu-as ao boneco, dizendo:

— Estas três peras eram a minha comida, mas eu as dou pra você, com satisfação. Coma, desfrute.

— Se você quer que eu as coma, faça-me o favor de descascá-las.

— Descascar? — perguntou Geppetto, espantado. — Nunca achei que um filho meu seria tão exigente e tivesse um paladar fino. Que coisa feia! Neste mundo temos que nos acostumar, desde pequenos, a comer de tudo. Nunca se sabe o que pode acontecer. Tudo pode mudar!

— Talvez o senhor tenha razão — respondeu Pinóquio —, mas eu nunca comerei uma fruta que não esteja descascada. Não suporto as cascas!

Geppetto, que era bonzinho, tirou uma faca e, com muita paciência, descascou as três peras e pôs as cascas num canto da mesa.

Depois de ter comido a pera em dois bocados, ele tentou jogar fora o cabo e o centro da fruta, mas Geppetto segurou-o pelo braço, dizendo-lhe:

— Não jogue fora! Neste mundo, tudo pode ser usado.

— Eu nunca como o cabo e o centro das frutas! — gritou o boneco remexendo-se como uma cobra.

— Quem sabe? Tudo muda! — repetiu Geppetto, sem ficar irritado.

Foi então que os cabos e os centros das frutas, em vez de serem jogados fora pela janela, ficaram no canto da mesa, junto com as cascas.

Quando comeu, ou melhor, devorou as três peras, Pinóquio abriu a boca para dar um longo bocejo e disse, choramingando:

— Ainda tenho fome!

— Mas, meu filho, não tenho mais nada para lhe dar.

— Nada de nada?

— Somente essas cascas e esses centros das peras.

— Paciência! — disse Pinóquio. — Se não tem mais nada, vou comer uma casca.

Então, começou a comer. No começo, fez careta. Porém, devorou as cascas em um minuto, uma atrás da outra. Depois das cascas foi o centro das frutas, e depois de ter acabado de comer tudo, bateu muito na barriga com felicidade e disse:

— Agora sim! Estou satisfeito!

— Veja só! — disse Geppetto. — Eu tinha razão quando lhe disse que não devemos ser muito exigentes, nem ter o paladar muito exigente. Querido, nunca sabemos o que pode acontecer neste mundo. Tudo muda!

VIII

Geppetto refaz os pés de Pinóquio e vende seu casaco para comprar uma cartilha.

O boneco, passada a fome, começou a resmungar e a chorar porque queria ter um par de pés novos. Porém, para castigá-lo pela travessura que fizera, Geppetto deixou-o chorar e se desesperar durante metade do dia. Depois, disse-lhe:

— Por qual razão eu deveria refazer seus pés? Pra que você fuja outra vez?

— Eu juro — disse o boneco, soluçando — que, de hoje em diante, serei bom...

— Todos os meninos dizem a mesma coisa quando querem algo.

— Prometo que irei à escola, eu vou estudar pra mostrar...

— Todos os meninos, quando querem algo, repetem essa história.

— Mas eu não sou como todos os outros meninos! Sou melhor do que eles e sempre digo a verdade. Prometo, papai, que vou aprender uma profissão. Serei o conforto e o sustento da sua velhice.

Geppetto, que tinha feito cara de tirano, ficou com os olhos marejados de lágrimas e o coração inchado de dor ao ver seu pequeno Pinóquio naquele estado lamentável. Não respondeu, pegou as ferramentas, dois pedaços de madeira seca e começou a trabalhar com muita vontade.

Em menos de uma hora terminou os pés. Dois pés leves, finos e ágeis, como se modelados por um artista brilhante. Foi então que Geppetto disse ao boneco:

— Feche os olhos e durma.

Pinóquio fechou os olhos e fingiu dormir. Enquanto fingia estar dormindo, Geppetto, com um pouco de cola dissolvida em uma casca de ovo, colou os pés no devido lugar, e os colou tão bem que não havia um sinal de emenda.

Depois que o boneco percebeu que possuía novos pés, pulou da mesa em que estava deitado e começou a dar mil saltos e cambalhotas, como se a sua alegria o tivesse enlouquecido.

— Para compensar tudo que o senhor fez por mim — disse Pinóquio ao pai —, quero ir imediatamente à escola.

— Bom menino!

— Pra ir à escola, preciso de alguma roupa.

Geppetto, que era muito pobre e não tinha dinheiro algum nos bolsos, fez um conjunto de papel com flores, um par de sapatos de casca de árvore e um gorrinho com miolo de pão.

Pinóquio foi correndo, rapidamente, depois de se vestir, para ver seu reflexo numa bacia de água. Ficou tão satisfeito com sua imagem que disse, vangloriando-se:

— Pareço um senhor de verdade!

— É claro — disse Geppetto. — Mas não se esqueça de que não é somente a roupa que o torna um senhor, e sim o fato de ela estar limpa.

— A propósito — acrescentou o boneco —, pra ir à escola falta uma coisa, o principal.

— O quê?

— Falta a cartilha.

— Você tem razão. Mas como vou consegui-la?

— É muito fácil. Vá a uma livraria e compre.

— E o dinheiro?

— Eu não tenho.

— E eu, menos — acrescentou o velho, entristecido.

Pinóquio, que era muito alegre, também ficou triste, pois a miséria, quando verdadeira, é entendida por todos, até pelas crianças.

— Paciência! — gritou Geppetto, ficando de pé num pulo. Colocou seu velho casaco de fustão, cheio de remendos e costuras, e saiu de casa.

Voltou pouco tempo depois trazendo na mão um silabário para

Pinóquio, mas estava sem o casaco. O coitado estava só com a camisa, e na rua nevava.

— E o casaco, pai?

— Vendi.

— Por que você vendeu?

— Porque era muito quente.

Pinóquio compreendeu a resposta rapidamente e, sem poder refrear o ímpeto do seu coração bondoso, saltou, jogou-se nos braços de Geppetto e começou a beijá-lo.

IX

Pinóquio vende sua cartilha para ver o teatro de marionetes.

Quando parou de nevar, Pinóquio, com sua cartilha nova embaixo do braço, pegou a estrada em direção à escola. Enquanto caminhava, ia fantasiando e imaginando situações na sua cabeça, cada uma mais bonita que a outra.

E dizia para si mesmo:

— Hoje, na escola, vou aprender a ler rapidamente. Amanhã aprenderei a escrever, e depois de amanhã aprenderei matemática. Depois, com minhas habilidades, ganharei muitas moedas, e com os primeiros tostões comprarei pro meu pai um casaco lindo de pano. De pano? Vou pedir um de prata e ouro com botões de brilhantes. O coitado merece de verdade. Pra comprar meus livros e me educar ele ficou só com a camisa... Com este frio! Só os pais são capazes de fazer certos sacrifícios...

Enquanto estava muito comovido, raciocinava dessa forma. Ouviu à distância uma música com pífanos e golpes de bumbo. Pi-pi-pi... pi-pi-pi... bum-bum-bum.

Parou para ouvi-la. Os sons vinham do fim de uma rua transversal muito longa, que desembocava num pequeno povoado situado à beira do mar.

— O que será essa música? É uma pena que eu tenha que ir pra escola! Senão...

Ficou ali, perplexo. De qualquer maneira, teria que tomar uma decisão: ir à escola ou ouvir os pífanos.

— Hoje vou atrás dos pífanos e amanhã vou pra escola. Pra ir à escola sempre há tempo — disse finalmente Pinóquio, encolhendo os ombros.

Dito e feito. Entrou pela rua transversal e correu o mais rápido que suas pernas aguentavam. Quanto mais corria, ouvia mais claramente o som dos pífanos e os golpes de bumbo: pi-pi-pi... pi-pi-pi... pi-pi-pi... bum-bum-bum.

E foi assim que chegou ao centro de uma praça cheia de gente, que se amontoava em torno de um grande barracão de madeira e tecido pintado com mil cores.

— O que é esse barracão? — perguntou Pinóquio a um menino que era dali do povoado.

— Leia o que está escrito no cartaz e você saberá.

— Eu leria com boa vontade, mas, por enquanto, não sei ler.

— Que burro! Vou ler pra você. No cartaz está escrito com letras vermelhas como fogo: O GRANDE TEATRO DE MARIONETES.

— A peça começou há muito tempo?

— Começa agora.

— Quanto custa a entrada?

— Quatro centavos.

Pinóquio, na febre da curiosidade, perdeu os modos e disse, sem vergonha nenhuma, para o menino com quem falava:

— Me emprestaria quatro centavos? Devolvo amanhã.

— Eu os daria com certeza — respondeu o outro, caçoando —, mas, no momento, não poderei dá-los.

— Vendo minha jaqueta por quatro centavos — disse o boneco.

— O que vou fazer com uma jaqueta de papel? Se chover, não vou poder tirá-la do corpo.

— Quer comprar meus sapatos?

— Só servem para acender o fogo.

— Quanto você me daria pelo meu gorro?

— Que bela compra! Um gorro de miolo de pão! O que me falta é que os ratos venham comê-lo na minha cabeça!

— Pagaria quatro centavos por esta cartilha nova?

— Eu sou uma criança e não compro nada de outra criança — respondeu o pequeno interlocutor, que tinha mais juízo do que ele.

— Eu lhe dou quatro centavos pela cartilha! — gritou um revendedor de roupa usada que observava a conversa.

O livro foi vendido em um instante. E pensar que o pobre Geppetto ficara em casa, tremendo de frio, de camisa, para comprar a cartilha para o filho!

X

As marionetes reconhecem seu irmão Pinóquio e lhe fazem uma grande recepção, mas, na melhor parte da festa, aparece Comefogo, o dono do teatro, e Pinóquio corre o risco de terminar mal.

Quando Pinóquio entrou no teatro de marionetes, aconteceu algo que provocou uma revolução. Devemos entender que a cortina tinha sido aberta e a peça havia começado.

No palco estavam Arlequim e Polichinelo, que brigavam entre si e, como de costume, ameaçavam esbofetear-se e bater-se com um garrote a cada momento.

O público, muito atento, ria muito ao ouvir a disputa daqueles bonecos que gesticulavam e se insultavam como se fossem dois animais racionais, duas pessoas deste mundo.

De repente, Arlequim parou de falar e, olhando para o público, apontou com sua mão para alguém que estava no fundo da plateia. Foi então que começou a gritar num tom dramático:

— Meu Deus do céu! Estou sonhando ou estou acordado? Aquele ali é Pinóquio...

— Claro que é o Pinóquio! — gritou Polichinelo.

— Sim, é ele! — gritou a senhora Rosaura fazendo uma breve aparição no fundo do cenário.

— É Pinóquio! É Pinóquio! — gritaram todos os bonecos formando um coral, saindo aos pulos dos bastidores. — É o nosso irmão, Pinóquio!

— Viva o Pinóquio!

— Pinóquio, venha comigo! — gritou Arlequim. — Caia nos braços do seu irmão de madeira!

Perante o convite afetuoso, Pinóquio deu um salto e passou do fundo da plateia para as primeiras filas. Depois deu mais um salto e subiu na cabeça do maestro da orquestra, e dali subiu ao palco.

É impossível imaginar os abraços, os apertões e as cabeçadas de verdadeira e sincera irmandade que recebeu Pinóquio no meio daquela confusão de atores e atrizes da companhia de marionetes.

O espetáculo era comovente, mas o público do teatro, vendo que a peça não voltava, ficou impaciente e começou a gritar:

— Volte a peça! Volte a peça!

Foi um pedido em vão, porque os bonecos, em vez de continuarem com a apresentação, dobraram seus gritos e continuaram a festança colocando Pinóquio sobre suas cabeças e carregando-o de maneira triunfante sob os holofotes.

Nesse momento apareceu o dono do teatro. Um homenzarrão tão feio que provocava medo em quem olhasse para ele. Tinha uma barba preta, tão preta quanto um borrão de tinta e tão comprida que chegava ao chão. Incrivelmente, ao andar, ele pisava nela. Sua boca era larga como um forno, seus olhos pareciam dois faróis vermelhos com uma luzinha acesa dentro, e nas mãos tinha um chicote de couro de cobra e rabos de raposa entrelaçados que ele ficava estalando.

Perante a inesperada aparição do dono do teatro, todos emudeceram. Nem um pio. Dava para ouvir até o barulho das moscas. Os pobres bonecos, homens e mulheres, tremiam.

— Por que você veio e organizou esta bagunça no meu teatro? — perguntou ele para Pinóquio, com um vozeirão de ogro muito gripado.

— Acredite em mim, ilustríssimo senhor, não foi minha culpa!

— Chega! Esta noite acertaremos nossas contas.

E, de fato, quando acabou a peça, o dono do teatro foi à cozinha, onde tinha preparado para o jantar um cordeiro que girava lentamente assando no espeto. Notando que faltava lenha para terminar de assá-lo, chamou Arlequim e Polichinelo dizendo:

— Tragam-me aquele boneco que está pendurado num prego. Acho que foi feito com uma madeira muito seca e tenho certeza de que, se eu o jogar no fogo, dará uma bela brasa para terminar de assar o cordeiro.

Arlequim e Polichinelo duvidaram a princípio, mas estavam aterrorizados depois do olhar que receberam do chefe. Obedeceram à ordem que lhes foi dada e, pouco depois, voltaram para a cozinha com o coitado do Pinóquio nos braços. Pinóquio se debatia como um peixe fora d'água e gritava desesperadamente:

— Papai! Me salve! Eu não quero morrer, não quero morrer!

XI

Comefogo espirra e perdoa Pinóquio, e ele, logo depois, salva o seu amigo Arlequim.

O dono do teatro, o Comefogo (este era o seu nome), parecia um homem horrendo, ainda mais por ter aquela barba preta que parecia um avental cobrindo peito e pernas, mas no fundo não era uma pessoa ruim. Tanto que, quando viu o coitado do Pinóquio na sua frente, debatendo-se desesperado e gritando: "Não quero morrer, não quero morrer", sentiu-se comovido e teve piedade dele. Depois de ter resistido um pouco, não suportou mais e deixou escapar um espirro sonoro.

Diante daquele espirro, Arlequim, que até então estava aflito e triste como um salgueiro chorão, ficou alegre, inclinou-se para Pinóquio e disse-lhe, baixinho:

— Tenho boas notícias, irmão. Comefogo espirrou e isso é sinal de compaixão. Você está a salvo.

Enquanto todos os homens, quando sentem piedade de alguém, choram ou pelo menos fingem secar seus olhos, Comefogo espirrava cada vez que se emocionava. Era o jeito dele, como o de qualquer um, de demonstrar a sensibilidade que existia em seu coração.

Depois do espirro, Comefogo, fingindo estar bravo, gritou para Pinóquio:

— Pare de chorar! Seus lamentos me provocaram umas cócegas aqui no estômago... E sinto uma angústia que quase, quase... atchim, atchim! — E espirrou mais duas vezes.

— Saúde! — disse Pinóquio.

— Obrigado! Seu pai e sua mãe estão vivos? — perguntou Comefogo.

— Meu pai, sim, a minha mãe eu não conheci.

— Como o seu velho pai sofreria se eu jogasse você nessas brasas ardentes! Pobre velho, tenho dó dele!... Atchim! Atchim! Atchim! — E espirrou outras três vezes.

— Saúde! — disse Pinóquio.

— Obrigado! Espero que você me compreenda também, porque, veja, não tenho lenha para assar esse cordeiro. E você, de verdade, seria muito útil! Mas eu tenho pena de você, e agora, paciência! No seu lugar, vou fazer brasas com algum boneco da minha companhia. Ei, soldados!

Perante essa ordem, apareceram dois soldados de madeira, muito altos e secos, com um chapéu de três pontas na cabeça e uma espada na mão.

Comefogo disse com voz rouca:

— Segurem o Arlequim, amarrem-no bem e joguem-no ao fogo para ser queimado. Quero o meu cordeiro perfeitamente assado!

Imaginem o coitado do Arlequim! Sua surpresa foi tão grande que as pernas ficaram bambas e ele caiu no chão de bruços.

Pinóquio, perante aquele espetáculo aterrorizador, jogou-se aos pés de Comefogo chorando muito e molhando todos os pelos de sua longa barba, e começou a pedir com voz suplicante:

— Tenha piedade, senhor Comefogo...

— Não há nenhum senhor aqui! — respondeu com dureza.

— Tenha piedade, cavalheiro...

— Não há nenhum cavalheiro aqui!

— Tenha piedade, comendador...

— Não há nenhum comendador aqui!

— Tenha piedade, Excelência!

Ao ouvir que fora chamado de Excelência, Comefogo ficou com o rosto iluminado e, de repente, ficou mais humano e mais tratável ao dizer para Pinóquio:

— Muito bem. O que você quer de mim?

— Peço que perdoe o coitado do Arlequim!

— Não há perdão que possa dar. Sim, eu perdoei você, mas é necessário que o coloque no fogo, já que quero o cordeiro bem-assado.

— Nesse caso... — gritou Pinóquio, de forma altiva, tirando seu gorro de migalhas de pão — nesse caso, já sei qual é o meu dever! Venham, senhores soldados! Amarrem-me e joguem-me nas chamas. Não é justo que o coitado do Arlequim, meu bom amigo, morra no meu lugar...

Essas palavras, pronunciadas com sonoridade e num tom heroico, fizeram chorar todos os bonecos que assistiam à cena. Os próprios soldados, ainda que fossem de madeira, choravam como cordeirinhos.

Comefogo inicialmente ficou tão duro e imóvel como um pedaço de gelo, mas, aos poucos, também começou a ficar comovido e a espirrar. Espirrou quatro ou cinco vezes, abriu afetuosamente os braços e disse para Pinóquio:

— Você é uma boa criança! Venha aqui e me dê um beijo.

Pinóquio correu até ele e, subindo como um esquilo pela sua barba, deu-lhe um magnífico beijo na ponta do nariz.

— Então, me concede o perdão? — perguntou o coitado do Arlequim com um fiozinho de voz que era quase inaudível.

— Concedido! — respondeu Comefogo. Depois acrescentou, enquanto suspirava e balançava a cabeça: — Paciência! Esta noite terei que comer o cordeiro meio assado. Mas coitado daquele que for convocado na próxima vez!

Perante a notícia do perdão dado, todos os bonecos correram para o palco, ligaram os holofotes para uma sessão de gala e começaram a dançar e festejar. Já era madrugada e eles continuavam dançando.

XII

Comefogo dá a Pinóquio cinco moedas de ouro para que ele as entregue ao seu pai, Geppetto. Pinóquio se deixa enganar pelo Gato e pela Raposa e vai embora com eles.

No dia seguinte, Comefogo chamou Pinóquio de canto e perguntou-lhe:

— Qual é o nome do seu pai?

— Geppetto.

— Qual é a profissão dele?

— A de pobre.

— Ganha muito?

— Ganha o suficiente pra não ter um centavo no bolso. Imagine que, pra comprar a cartilha da escola, teve que vender o único casaco que possuía. Um casaco que, entre costuras e remendos, era uma lástima.

— Pobre diabo! Sinto pena. Tome, aqui tem cinco moedas de ouro. Vá correndo entregá-las e mande cumprimentos de minha parte.

Pinóquio, como era de se imaginar, agradeceu mil vezes Comefogo. Abraçou um por um os bonecos da companhia, incluindo os soldados, e pegou o caminho de casa, muito contente. Mas ainda não tinha andado meio quilômetro quando encontrou no caminho a Raposa, manca de um pé, e o Gato, cego dos dois olhos, que iam de lá pra cá, ajudando-se como bons companheiros perante a desgraça. A Raposa, que era manca, andava apoiada no Gato. E o Gato, que era cego, era guiado pela raposa.

— Bom dia, Pinóquio! — disse a Raposa, cumprimentando-o educadamente.

— Como você sabe o meu nome? — perguntou o boneco.

— Conheço bem o seu pai.

— Onde você o viu?

— Na porta da sua casa, ontem.

— O que ele estava fazendo?

— Estava de camisa e tremia de frio.

— Coitado do papai! Mas, se Deus quiser, de hoje em diante não tremerá mais de frio...

— Por quê?

— Porque me tornei um senhor importante.

— Você um senhor importante? — disse a Raposa e começou a rir de forma descarada e zombeteira. O Gato ria também, mas para não ser visto, ajeitava o bigode com as patas da frente.

— Não há motivo pra rir! — gritou Pinóquio, bravo. — É uma pena que vocês comecem a salivar de vontade, mas saibam que estas que estão aqui são cinco moedas de ouro.

E mostrou as moedas que Comefogo tinha lhe dado de presente.

Ao ouvir o som agradável das moedas, a Raposa, num gesto involuntário, esticou a pata manca, e o Gato abriu muito os olhos, como se fossem duas lanternas verdes, que foram fechadas imediatamente. Pinóquio não percebeu nada.

— E o que você vai fazer com essas moedas agora? — perguntou a Raposa.

— Antes de tudo — respondeu o boneco —, vou comprar pro meu pai um bonito casaco, feito de ouro e prata, com botões de brilhantes. Depois comprarei um silabário pra mim.

— Pra você?

— Claro! Vou à escola e estudarei de verdade.

— Veja bem! — disse a Raposa. — Pelo vício tonto de estudar, machuquei a minha pata.

— Veja bem! — disse o Gato. — Pelo vício tonto de estudar, perdi a visão nos dois olhos.

Nesse momento, um Melro branco que estava pousado na cerca próxima à estrada começou a cantar e disse:

— Pinóquio, não siga os conselhos de más companhias. Você vai se arrepender se fizer isso!

Coitado do Melro, melhor que nunca tivesse falado! O Gato, dando um grande salto, abraçou-o, ficou por cima dele e, sem lhe dar tempo de dizer um "ai", comeu-o de uma bocada só, sem nem lhe tirar as penas.

Tão rápido quanto o comeu, o Gato limpou a boca, fechou novamente os olhos e continuou fingindo sua cegueira, como antes.

— Pobre Melro — disse Pinóquio ao Gato. — Por que você o tratou tão mal?

— Fiz isso pra lhe dar uma lição. Agora não poderá meter seu nariz nas conversas alheias.

Fizeram mais da metade do caminho, quando a Raposa se deteve, improvisando, e disse para o boneco:

— Você quer ter o dobro de moedas?

— O quê?

— Você quer que as suas cinco miseráveis moedas se tornem cem, mil, duas mil?

— Tomara! Mas como?

— É muito fácil. Mas, em vez de voltar pra casa, você vai ter que vir conosco.

— Aonde vocês vão me levar?

— Ao país dos Bocós.

Pinóquio pensou um pouco e disse resoluto:

— Não, não quero ir. Agora estou perto de casa e eu quero chegar logo, já que meu pai está me esperando. Pobre velho, quem sabe quantos suspiros deu ontem ao ver que eu não voltei! Eu tenho sido um filho ruim, e o Grilo Falante tinha razão quando disse: "Os meninos desobedientes não conseguirão nada de bom neste mundo". Eu já provei isso, por minha conta, já que passei por muitas desgraças e, ainda ontem, na casa do Comefogo, eu passei por perigos... Ai! Só de pensar já me dá arrepios!

— Então — disse a Raposa — você quer ir pra casa? Vá, será pior pra você!

— Pior pra você! — repetiu o Gato.

— Pense bem, Pinóquio, você está rejeitando a própria sorte!

— A própria sorte! — repetiu o Gato.

— As suas cinco moedas, em questão de um dia, vão virar duas mil.

— Duas mil! — repetiu o Gato.

— Mas como é possível ganhar tantas? — perguntou Pinóquio, ficando boquiaberto pela surpresa.

— Agora mesmo eu lhe explico — disse a Raposa. — Você deve saber que, no país dos Bocós, há uma terra sagrada, chamada de Terra dos Milagres. Nessa terra você faz um buraquinho e coloca, por exemplo, uma moeda de ouro. Você cobre esse buraco com um pouco de terra, rega-o com dois baldes de água da fonte, coloca em cima um punhado de sal e à noite pode ir tranquilamente pra cama. Durante a noite, a moeda vai germinar e florescer. Quando você acordar, na manhã seguinte, deverá retornar ao local. Adivinhe o que vai estar esperando por você? Uma árvore carregada de moedas de ouro, tantas quantos grãos de milhos há numa espiga no mês de janeiro.

— Então — disse Pinóquio, cada vez mais aturdido —, se eu enterrar nessa terra cinco moedas, quantas encontrarei amanhã?

— É uma conta muito fácil! — respondeu a Raposa. — Uma conta que pode ser feita com os dedos das mãos. Calcule que cada moeda dê um total de quinhentas moedas; multiplique quinhentos por cinco e, na manhã seguinte, você terá duas mil e quinhentas moedas redondas e brilhantes.

— Oh, que maravilha! — gritou Pinóquio, dançando de alegria. — Quando eu recolher as moedas, guardarei duas mil delas pra mim e lhes darei quinhentas de presente.

— Um presente para nós! — gritou a Raposa, com desdém, fingindo estar ofendida. — Deus me livre!

— Deus me livre! — repetiu o Gato.

— Nós — disse a Raposa — não trabalhamos pelo vil interesse. Trabalhamos unicamente para enriquecer os outros.

— Os outros! — repetiu o Gato.

"Que pessoas boas!", pensou Pinóquio. Naquele momento esqueceu o pai, o casaco novo, o silabário, todas as ideias boas que havia tido e disse para a Raposa e o Gato:

— Vamos. Vou com vocês.

XIII

A hospedaria do Camarão Vermelho

Depois de andar muito, finalmente chegaram mortos de cansaço à hospedaria do Camarão Vermelho quando a noite estava caindo.

— Vamos ficar aqui — disse a Raposa. — Vamos comer um pouco e descansar umas horas. Sairemos à meia-noite para estar amanhã, de madrugada, na Terra dos Milagres.

Entraram na pousada e sentaram-se à mesa, mas nenhum dos três estava com apetite.

O "pobre Gato", que se sentia muito indisposto do estômago, só conseguiu comer trinta e cinco salmonetes com molho de tomate e quatro porções de tripa à parmegiana. E como as tripas não lhe pareciam bem temperadas, pediu três vezes manteiga e queijo ralado.

A Raposa teria beliscado algo antes da refeição, mas o médico tinha lhe prescrito uma dieta muito restrita; então contentou-se com um coelho acompanhado de um leve guisado de galinha gorda. Depois do coelho pediu de sobremesa um guisado de perdiz, coelho e rã, e nada mais comeu. A comida dava-lhe náuseas tão grandes, segundo ela, que não conseguia levar mais nada à boca.

Quem comeu menos do que eles foi Pinóquio. Pediu uma noz e uma faca de pão, e deixou ambos no prato. A pobre criança, que estava com o pensamento na Terra dos Milagres, estava com indigestão antecipada de moedas de ouro. Quando acabaram de jantar, a Raposa falou com o dono da hospedaria:

— Dê pra nós dois bons quartos, um pro senhor Pinóquio e outro pra mim e meu colega. Antes de partir, dormiremos pouco tempo. Não se esqueça de nos acordar à meia-noite pra continuarmos nossa viagem.

— Sim, senhores — respondeu o dono da hospedaria, piscando um olho para a Raposa e para o Gato, como se estivesse dizendo: "Já saquei tudo, entendido!".

Pinóquio, apenas se deitou na cama, adormeceu e começou a sonhar. No sonho, ele estava no meio de um vasto terreno cheio de árvores carregadas de frutos, e esses frutos estavam cheios de moedas de ouro. Balançando com o vento, faziam zim-zim-zim, como se dissessem: "Quem quiser, venha nos pegar". Mas quando Pinóquio estava na melhor parte, ou seja, quando foi pegar com suas mãos punhados daquelas moedas e colocá-las no bolso, acordaram-no de repente três golpes violentos que foram dados na porta do quarto.

Era o dono da pousada que vinha avisar que já era meia-noite.

— Meus companheiros estão prontos? — perguntou o boneco.

— Mais do que prontos. Foram embora há duas horas.

— Por que tanta pressa?

— Porque o Gato recebeu uma mensagem dizendo que seu gatinho mais velho, doente, com frieiras nos pés, piorou e corria risco de morte.

— E eles pagaram o jantar?

— O que o senhor está pensando? São pessoas muito educadas e nunca fariam tal desfeita ao senhor.

— Que pena! Gostaria tanto que tivessem sido mal-educados... — disse Pinóquio, coçando a cabeça.

Depois, perguntou:

— E os meus amigos lhe disseram onde me esperam?

— Na Terra dos Milagres, amanhã, ao nascer do dia.

Pinóquio pagou com uma moeda o seu jantar e o dos seus colegas e partiu.

Podemos dizer que ele saiu às cegas, pois fora da hospedaria a escuridão era tão grande que nada podia ser visto. Não se ouvia nada também no campo ao redor, nem as folhas das árvores. Somente alguns pássaros noturnos que cruzavam o caminho, de um lado para o outro, batendo no nariz do Pinóquio, que dava saltos para trás e temeroso gritava: "Quem está aí?", e o eco das colinas ao redor lhe repetia a distância: "Quem está aí? Quem está aí? Quem está aí?".

Então, enquanto caminhava, viu em cima de um tronco de árvore um animalzinho que brilhava com uma luz pálida e opaca como uma borboleta dentro de uma lâmpada.

— Quem é?

— Sou a sombra do Grilo Falante — respondeu o animalzinho com uma voz muito fraca, que parecia vir do além.

— O que você quer de mim? — disse o boneco.

— Quero lhe dar um conselho. Volte e leve as quatro moedas que sobraram para o seu pai, que está em desespero e chorando porque você ainda não retornou.

— Amanhã meu pai vai se tornar um senhor importante, porque estas quatro moedas serão duas mil.

— Não deve confiar, rapaz, naqueles que prometem a riqueza da noite pro dia. Normalmente, são loucos ou trapaceiros. Acredite em mim, retorne.

— Eu, no entanto, quero continuar.

— É muito tarde...

— Quero continuar.

— A noite está escura...

— Quero continuar.

— O caminho é perigoso...

— Quero continuar.

— Lembre-se de que as crianças que tentam agir a seu bel-prazer e seguir suas vontades, mais cedo ou mais tarde, se arrependem.

— A mesma história de sempre. Boa noite, Grilo.

— Boa noite, Pinóquio, e que o Céu o proteja do sereno e dos assassinos.

Depois de ter pronunciado as últimas palavras, o Grilo Falante apagou sua luz, de repente, como o apagar de uma vela quando assoprada, e então o caminho ficou ainda mais escuro.

XIV

Pinóquio, por não ter dado crédito aos bons conselhos do Grilo Falante, encontra os assassinos.

“De fato”, disse a si mesmo o boneco, continuando a viagem, “nós, as crianças, somos muito infelizes. Todo mundo grita com a gente, todo mundo nos repreende, todo mundo nos dá conselhos. Se permitíssemos, todos teriam a ideia de portar-se como nossos pais e mestres. Todos, até mesmo os Grilos Falantes. Já estou até vendo. Como não obedeci àquele chato do Grilo, muitas desgraças vão me acontecer, segundo ele! Vou até me encontrar com assassinos! Ainda bem que eu não acredito em assassinos, não acredito e nunca acreditei. Eu acho que os assassinos foram inventados pelos pais, de propósito, para colocar medo nas crianças que querem sair à rua de noite. Além disso, mesmo que os encontre aqui, na estrada, eles me botariam medo? Nem um pouco. Adoraria me encontrar com eles e gritar-lhes: ‘Senhores assassinos, o que vocês querem de mim? Não se esqueçam de que eu não estou pra brincadeiras. Por isso, sigam com seus assuntos e assaltos, quietinhos!’. Depois de dizer essas palavras, num tom sério, imagino que os coitados desses assassinos vão fugir rápido como o vento. E no caso de eles serem mal-educados e não fugirem, fujo eu, e assim tudo acabará.”

Porém, Pinóquio não concluiu seu raciocínio, porque nesse momento sentiu um leve som de folhas às suas costas.

Voltou a olhar e viu na escuridão duas figuras negras, com capuzes que eram sacos de carvão, que corriam atrás dele aos saltos e nas pontas dos pés como se fossem dois fantasmas.

“Aqui estão!”, disse a si mesmo e, sem saber onde esconder as quatro moedas, colocou-as na boca, exatamente embaixo da língua.

Depois tentou fugir. Mas, sem ao menos dar um passo, sentiu que o agarravam pelos braços e ouviu duas vozes horríveis e cavernosas, que lhe disseram:

— A bolsa ou a vida!

Pinóquio, que não conseguia responder por estar com as moedas na boca, fez mil gestos e mímicas tentando explicar aos assassinos, que só mostravam os olhos pelos buracos dos sacos, que era apenas um pobre boneco e que não tinha nem um centavo nos bolsos.

— Vamos logo! Faça menos besteiras e nos entregue o dinheiro! — gritavam de forma ameaçadora os bandidos.

O boneco fez gestos, com a cabeça e com as mãos, dizendo: “Não tenho”.

— Entregue o dinheiro ou considere-se morto! — disse um deles.

— E depois de matar você, mataremos seu pai também!

— O seu pai também!

— Não, não, não! O meu pai, não! — gritou Pinóquio, num tom de desespero. Porém, ao gritar assim, as moedas na sua boca fizeram barulho.

— Ah, seu sem-vergonha! Então você escondeu o dinheiro embaixo da língua! Cuspa, agora mesmo!

E Pinóquio fingiu não ouvir.

— Ah, então você se finge de surdo? Espere um pouco, que nós faremos você cuspi-las!

Efetivamente, um deles pegou o boneco pela ponta do nariz e o outro o segurou pelo queixo, e começaram a puxar, sem piedade, de um lado pro outro, forçando para que ele abrisse a boca, mas sem sucesso. A boca do boneco parecia pregada.

Foi então que o assassino mais baixo de altura puxou uma faca grande e tentou enfiá-la entre os lábios para fazer uma alavanca com ela. Mas Pinóquio, que foi rápido como um raio, mordeu a mão do bandido com os dentes e só soltou quando este largou a faca. Imaginem a surpresa quando percebeu que, no lugar de um pedaço de mão, ele cuspiu uma pata de gato.

Animado por essa vitória, soltou-se à força das garras dos assassinos e, pulando a cerca que estava próxima da estrada, começou a fugir em campo aberto. Os assassinos corriam atrás dele como dois cachorros que caçam uma lebre. Aquele que havia perdido uma pata corria com uma perna só, não se sabe como.

Depois de correrem quinze quilômetros, Pinóquio estava exausto. Ao perceber que estava perdido, subiu no tronco de um pinheiro muito alto e sentou-se num dos galhos do topo. Os assassinos tentavam subir, mas escorregavam na metade da árvore e, ao caírem, esfolavam as mãos e os pés.

Aquilo ainda não os derrotou, eles foram além. Recolheram um pouco de lenha seca e botaram fogo nela, na base da árvore. Em muito pouco tempo o pinheiro começou a arder e queimar como uma vela agitada pelo vento. Pinóquio, notando que as chamas subiam rapidamente e tentando não ficar assado como um frango, deu um salto do topo da árvore e voltou a correr entre os campos e vinhedos. E os assassinos atrás, sempre atrás, incansáveis.

Já começava a amanhecer e eles continuavam a segui-lo. De repente, Pinóquio viu-se na frente de um poço largo e muito profundo, cheio de água suja, de cor marrom, que impedia que ele seguisse. O que devia fazer?

— É um, é dois e é três! — gritou o boneco e, tomando impulso, saltou até o outro lado.

Os assassinos saltaram também, mas não calcularam bem a distância e cataploft! Caíram no meio do poço. Pinóquio, que ouviu o mergulho e sentiu as gotas de água, gritou enquanto ria e corria:

— Aproveitem o banho, senhores assassinos!

Imaginava que já estavam afogados, mas, quando olhou novamente, viu que ambos corriam atrás dele. Sempre vestidos com o capuz de saco de carvão e perdendo água como dois baldes sem fundo.

XV

Os assassinos perseguem Pinóquio e, quando conseguem pegá-lo, penduram-no num galho do Grande Carvalho.

Pinóquio, sem ânimo, estava pronto para se jogar ao chão e desistir, quando, voltando o olhar ao redor, viu que muito longe, entre o verde-escuro das árvores, havia uma casa branca como a neve.

— Se tivesse fôlego pra chegar até a casa, talvez estivesse a salvo — disse a si mesmo.

E, sem duvidar um instante sequer, continuou correndo pelo bosque com as forças renovadas. E os assassinos atrás dele, sempre.

Depois de uma corrida desesperada que durou cerca de duas horas, chegou ofegante à porta da casinha e chamou. Ninguém respondeu. Voltou a chamar com violência, pois ouvia o som dos passos e da respiração daqueles que o perseguiam. Continuava o silêncio.

Notando que chamar não adiantava, começou, de forma desesperada, a dar chutes e cabeçadas na porta.

Nesse momento, apareceu na janela uma bela jovem de cabelos azuis e rosto branco como uma estátua de cera, com os olhos fechados e as mãos entrelaçadas sobre o peito. Ela, sem mexer os lábios, disse com uma pequena voz que parecia vir do Além:

— Nesta casa não há ninguém. Estão todos mortos.

— Abra você, pelo menos! — gritou Pinóquio, chorando e suplicando.

— Eu também morri.

— Morreu? Então o que faz aí na janela?

— Espero o caixão que me levará.

Depois de dizer isso a menina sumiu e a janela foi fechada, sem fazer barulho:

— Oh, linda menina de cabelos azuis! — gritava Pinóquio. — Abra, por misericórdia! Tenha compaixão de uma criança perseguida por assa...

Não conseguiu terminar, pois sentiu que o seguravam pelo pescoço e ouviu as vozes, já conhecidas, que rosnavam ameaçadoramente:

— Agora você não vai escapar!

O boneco, vendo a morte diante dos olhos, foi pego por uma tremedeira tão forte que fazia ressoar as articulações das suas pernas de madeira e também as moedas que escondia debaixo da língua.

— Então — perguntaram os assassinos —, você vai abrir a boca, sim ou não? Ah! Não responde? Pode deixar, desta vez nós faremos com que ela abra!

Tirando duas facas muito compridas e afiadas como navalhas, zás!... Deram-lhe duas facadas entre os rins. Por sorte, o boneco era feito de uma madeira muito dura, então as duas lâminas quebraram e ficaram em mil pedaços. Os assassinos ficaram se olhando, com o cabo das facas nas mãos.

— Já sei! — disse um deles. — Vamos ter que enforcá-lo!

— Enforcá-lo!

Dito e feito. Amarraram-no com as mãos nas costas, passaram uma corda ao redor de seu pescoço e penduraram-no no Grande Carvalho.

Ficaram por ali, sentados na grama, esperando que o boneco morresse. Mas, três horas depois, Pinóquio estava com os olhos abertos, a boca bem fechada e chutava ainda mais do que nunca.

Entediados de tanto esperar, voltaram-se para Pinóquio e disseram rindo zombeteiramente:

— Adeus, até amanhã. Esperamos que, quando retornarmos amanhã, você nos dará a alegria de estar morto e com a boca bem aberta. — E foram embora.

Entretanto uma revoada de vento impetuoso apareceu soprando e rugindo raivosamente, chicoteando em todas as direções o pobre enforcado, remexendo-o tão violentamente quanto o badalo de um sino numa festa. Essa força causou-lhe contrações muito fortes, apertando cada vez mais sua garganta, cortando assim sua respiração.

Pouco a pouco, seus olhos iam se fechando, e, mesmo sentindo de perto a morte, continuava esperando que alguma alma caridosa passasse e o ajudasse. Enquanto esperava, e esperava muito, ninguém aparecia; foi então que em sua mente apareceu o coitado do seu pai... Ele balbuciou, quase moribundo:

— Ai, papai! Se você estivesse aqui!

Não teve fôlego para dizer mais nada. Fechou os olhos, abriu a boca, esticou as pernas, deu um chacoalhão e depois ficou imóvel.

XVI

A bela jovem de cabelos azuis faz com que recolham o boneco, coloquem-no numa cama e chama três médicos para saber se ele está vivo.

Enquanto o coitado do Pinóquio estava pendurado no Grande Carvalho, parecendo mais morto do que vivo, a bela jovem de cabelos azuis aproximou-se da janela e, sentindo piedade perante a visão daquele pobre infeliz, pendurado pelo pescoço, dançando com as revoadas, juntou a mão e bateu palmas três vezes.

Respondendo a esse sinal, ouviu-se um estrondoso barulho de asas que batiam de forma abrupta, e um imenso Falcão pousou no peitoril da janela.

— O que você ordena, graciosa Fada? — perguntou o Falcão, abaixando seu bico, em sinal de reverência.

Devemos saber que a menina de cabelos azuis era uma Fada bondosa que morava havia mais de mil anos nos arredores do bosque.

— Vê aquele boneco pendurado num galho do Grande Carvalho?

— Vejo.

— Voe até lá imediatamente, corte o nó da corda que o mantém pendurado e pouse-o delicadamente sobre a grama, aos pés do Carvalho.

O Falcão saiu voando e voltou dois minutos depois, dizendo:

— Já foi feito o que você me ordenou.

— Como ele está? Vivo ou morto?

— À primeira vista parecia morto, mas deve ser apenas impressão. Depois que arranquei o nó, ele soltou um suspiro.

Então a Fada bateu duas palmas e apareceu um magnífico Cão d'Água, que andava erguido sobre as patas traseiras como um ser humano.

O Cão d'Água estava vestido de cocheiro, com um uniforme de gala. Na cabeça possuía um chapéu de três pontas, enfeitado de ouro, e uma peruca branca com cachos que desciam pelo pescoço. Usava uma sobrecasaca cor de chocolate, com botões de brilhante e dois grandes bolsos para guardar os ossos que lhe dava sua dona, e uma calça de veludo vermelha, meias de seda e sapatos decotados. Nas costas tinha uma espécie de capa de guarda-chuva, de cetim azul, onde enfiava seu rabo quando começava a chover.

— Depressa, Medoro! — ordenou a Fada ao Cão. — Pegue a carruagem mais bonita que há nas cavalariças e siga pelo caminho da floresta. Quando você alcançar o Grande Carvalho, você encontrará, deitado na grama, um pobre boneco meio morto. Pegue-o com cuidado, coloque-o delicadamente nas almofadas da carruagem e traga-o para mim. Compreende?

O Cão, para mostrar que havia entendido, balançou três ou quatro vezes a capa de guarda-chuva de veludo azul e partiu rápido como um raio.

Pouco depois, saiu da cavalariça uma linda carruagem cor de ar, acolchoada com penas de canário e forrada com nata, creme e pasteizinhos. Puxavam a carruagem cem pares de ratos brancos, e o cachorro, sentado na cocheira, estalava o chicote para a direita e a esquerda como um cocheiro que teme chegar atrasado.

Não passou um quarto de hora e a carruagem havia retornado. A Fada, que esperava na porta de casa, tomou nos braços o pobre boneco, levou-o ao quarto que possuía as paredes em madrepérola e mandou chamar imediatamente os médicos mais famosos da redondeza.

Os médicos chegaram rapidamente, um depois do outro. Eram um Corvo, uma Coruja e um Grilo Falante.

— Senhores, quero saber a opinião de vocês — disse a Fada aos três médicos que estavam reunidos em torno do leito de Pinóquio. — Quero saber a opinião de vocês para saber se este pobre boneco está vivo ou morto...

Diante desse convite, o Corvo, adiantando-se, verificou o pulso de Pinóquio, tocou seu nariz e o dedo mindinho dos pés. Depois de tê-lo apalpado, pronunciou de forma solene estas palavras:

— No meu entender, o boneco está completamente morto, mas, se por azar não estiver morto, será um indício de que esteja vivo.

— Sinto muito — disse a Coruja —, mas devo contradizer o Corvo, meu amigo ilustre e colega. No meu entender, o boneco está vivo, mas, se por azar não estiver vivo, será um indício de que esteja morto.

— E o senhor, não diz nada? — perguntou a Fada ao Grilo Falante.

— Eu digo que um médico prudente, quando não sabe o que diz, o melhor que pode fazer é ficar calado. Além disso, este boneco não é um desconhecido para mim. Conheço-o há muito tempo!

Pinóquio, que até então estava imóvel como um verdadeiro pedaço de madeira, teve algo parecido com uma tremedeira convulsiva que fez vibrar todo o leito.

— Este boneco... — continuou o Grilo — é um trapaceiro completo...

Pinóquio abriu os olhos e fechou-os imediatamente.

— É um diabinho, um preguiçoso, um vagabundo...

Pinóquio escondeu o rosto debaixo dos lençóis.

— Este boneco é um filho desobediente que vai matar o pai de tristeza!

Nesse momento ouviu-se no quarto um som de pranto e soluços abafados. Imaginem como reagiram todos quando levantaram um pouco os lençóis e viram que quem chorava e soluçava era Pinóquio.

— Quando o morto chora, é sinal de que está se recuperando! — disse em tom solene o Corvo.

— Lamento contradizer meu ilustre amigo e colega — interrompeu a Coruja. — Eu acho que, se o morto chora, é sinal que não gosta de morrer.

XVII

Pinóquio come açúcar, mas não quer tomar o remédio. Quando os coveiros vão buscá-lo, decide tomar o remédio. Depois conta uma mentira, e, de castigo, seu nariz cresce.

Quando apenas saíram os três médicos do quarto, a Fada aproximou--se de Pinóquio e, depois de tocar-lhe a testa, notou que sua febre era altíssima. Por isso, dissolveu um pouco de pó branco em meio copo de água e, dando-o ao boneco, disse-lhe carinhosamente:

— Beba e ficará saudável em poucos dias.

Pinóquio olhou o copo, fez uma pequena careta e depois perguntou, com voz queixosa:

— É doce ou amargo?

— É amargo, mas é pro seu bem!

— Se é amargo, eu não quero.

— Acredite em mim, beba.

— Não gosto de coisas amargas.

— Beba, quando terminar de beber, eu lhe darei um torrão de açúcar para tirar o gosto ruim.

— Onde está o torrão de açúcar?

— Aqui — disse a Fada, retirando-o do açucareiro de ouro.

— Primeiro quero o torrão de açúcar e depois beberei essa água amarga.

— Promete?

— Sim...

A fada deu o torrão de açúcar e Pinóquio, depois de chupar e engolir o torrão de açúcar rapidamente, exclamou lambendo os beiços:

— Que bom seria se o açúcar fosse remédio! Me curaria todos os dias.

— Agora, cumpra sua promessa e beba estas gotinhas de água que recuperarão sua saúde.

Pinóquio pegou o copo com má vontade, colocou a ponta do nariz dentro dele, aproximou a boca da bebida, colocou novamente a ponta do nariz na bebida e finalmente disse:

— É muito amargo! Amargo demais! Não consigo beber!

— Como você pode afirmar isso, se nem sequer experimentou?

— Imaginando! Já sei pelo cheiro. Primeiro vou querer outro torrão de açúcar... e depois beberei.

Foi então que a Fada, com a paciência de uma boa mãe, deu-lhe outro torrão de açúcar e entregou o copo novamente.

— Não consigo beber! — exclamou o boneco, fazendo mil caretas.

— Por quê?

— Porque me incomoda esse travesseiro que está aí nos meus pés.

A fada tirou o travesseiro.

— É inútil! Nem assim consigo bebê-la!

— O que mais o incomoda?

— Incomoda-me a porta do quarto, que está aberta.

A fada foi e fechou a porta do quarto.

— Não! — gritou Pinóquio, explodindo em lágrimas. — Não quero beber essa água amarga. Não quero beber, não, não e não!

— Meu filho, você se arrependerá...

— Não importa...

— Sua doença é grave...

— Não importa...

— A febre vai carregar você em poucas horas para o outro mundo.

— Não importa...

— Não tem medo da morte?

— Não tenho medo! É melhor morrer do que tomar esse remédio tão ruim...

Naquele momento a porta do quarto se abriu, e de par em par entraram quatro coelhos, negros como tinta, carregando no ombro um pequeno caixão.

— O que eles querem? — gritou Pinóquio sentando na cama, muito assustado.

— Viemos buscar você — respondeu o coelho maior.

— Buscar-me? Eu ainda não estou morto!

— Ainda não, mas lhe restam poucos minutos de vida, porque você se negou a tomar o remédio que cessaria a sua febre!

— Oh, Fada! Oh, Fada! — começou a berrar o boneco. — Dê-me o copo, rápido... Depressa, por favor, eu não quero morrer, não... não quero morrer...

Pegou o copo com ambas as mãos e bebeu tudo numa golada.

— Paciência! — disseram os coelhos. — Desta vez fizemos a viagem em vão.

Colocando novamente o caixão nos ombros, saíram do quarto murmurando e protestando entre dentes.

Poucos minutos depois, Pinóquio pulou da cama completamente curado, pois devemos saber que os bonecos de madeira possuem o privilégio de adoentar-se poucas vezes e curar-se rapidamente.

A Fada, vendo-o correr e brincar ao redor do quarto, ágil e alegre como um galo jovem, disse:

— Então, o meu remédio lhe fez bem?

— Mais do que bem! Me fez voltar ao mundo!

— Então, por que você fez tanto drama para bebê-lo?

— Nós, as crianças, somos assim. Temos mais medo dos remédios do que da doença em si.

— Que vergonha! As crianças deveriam saber que um bom remédio, tomado a tempo, pode salvá-los de uma grave doença e até mesmo da morte...

— Oh! Da próxima vez não farei tanto drama! Vou me lembrar daqueles coelhos negros com o caixão nos ombros... pegarei o copo rapidamente e... para dentro!

— Venha agora comigo e diga-me como você caiu nas mãos dos assassinos.

— Aconteceu que Comefogo me deu algumas moedas e me disse: "Tome-as, leve pro seu pai". E eu, no caminho, encontrei a Raposa e o Gato, duas pessoas muito boas, que me disseram: "Você quer que essas moedas se transformem em mil, duas mil? Venha conosco que levaremos você à Terra dos Milagres". E eu respondi: "Vamos". E eles disseram: "Vamos parar aqui na hospedaria do Camarão Vermelho e sairemos pra lá à meia-noite". Quando acordei, eles haviam partido, tinham ido embora. Então, comecei a andar. Estava muito escuro, então encontrei os dois assassinos com capuz de saco de carvão que disseram: "Passe o dinheiro", e eu respondi: "Não tenho", porque eu tinha escondido as moedas de ouro dentro da boca. Um dos assassinos tentou enfiar a mão dele na minha boca; eu dei uma mordida que machucou sua mão e cuspi, em vez de um pedaço de mão, uma pata de gato. Os assassinos correram atrás de mim, e eu corri, corri muito, até me alcançarem e me amarrarem pelo pescoço numa árvore deste bosque, dizendo: "Amanhã voltaremos aqui e você estará morto, com a boca aberta, e então retiraremos as moedas que você escondeu embaixo da língua".

— E onde você pôs as quatro moedas agora? — perguntou a Fada.

— Eu as perdi — respondeu Pinóquio; mas era mentira, porque elas estavam em seu bolso.

Ele apenas terminou de mentir, seu nariz, que já era comprido, de repente aumentou mais dois dedos.

— Onde você as perdeu?

— No bosque, aqui próximo.

Perante a segunda mentira, o nariz continuou crescendo.

— Se você as perdeu no bosque aqui perto, nós as procuraremos e as encontraremos — disse a Fada. — Tudo aquilo que é perdido no bosque aqui próximo é sempre encontrado.

— Ah! Agora eu me lembro! — replicou o boneco, fazendo um barulho. — Eu não perdi as quatro moedas, eu as engoli sem ter notado enquanto bebia o remédio.

Com a terceira mentira, o nariz ficou tão comprido, de uma forma tão extraordinária, que o coitado do Pinóquio não podia voltar-se em nenhuma direção. Se ele virasse para um lado, batia o nariz na cama ou nos vidros da janela. Se virava para o outro, batia nas paredes e na porta do quarto. Se levantasse a cabeça um pouco, corria o rico de enfiar o nariz no olho da Fada.

A Fada o observava e ria.

— Por que você está rindo? — perguntou o boneco, muito confuso e preocupado por aquele nariz que crescia à vista de todos.

— Estou rindo das mentiras que você disse.

— Como você sabe que eu menti?

— As mentiras, criança, são reconhecidas rapidamente, porque há dois tipos de mentiras. As mentiras que têm pernas curtas e as mentiras que têm o nariz comprido. As suas, pelo que percebo, são as que têm o nariz comprido.

Pinóquio, envergonhado, não sabia onde se esconder e tentou fugir do quarto, mas não conseguiu. Seu nariz cresceu tanto que não passava pela porta.

XVIII

Pinóquio reencontra a Raposa e o Gato e vai embora com eles semear as quatro moedas na Terra dos Milagres.

Como vocês podem imaginar, a Fada deixou que o boneco chorasse e protestasse por meia hora por causa daquele nariz que não passava pela porta do quarto. Assim, deixou-lhe uma severa lição para corrigir o seu horrível vício de falar mentiras, que é o vício mais feio que uma criança pode ter. Porém, quando o viu transfigurado e com os olhos fora das órbitas pelo desespero, foi movida pela piedade, bateu palmas, e, depois disso, entraram pelo quarto milhares de pica-paus que pousaram no nariz do Pinóquio e começaram a bicá-lo, tanto e tão bem, que em poucos minutos aquele nariz enorme e sem jeito foi reduzido ao seu tamanho natural.

— Fada, você é muito boa! — exclamou o boneco, secando seus olhos. — Gosto muito de você!

— Eu também gosto muito de você — afirmou a Fada. — E, se você quiser ficar comigo, você será o meu irmão e eu a sua boa irmãzinha...

— Eu adoraria... mas e o coitado do meu pai?

— Eu pensei em tudo. Seu pai já foi avisado e antes de anoitecer chegará aqui.

— Verdade? — gritou Pinóquio, pulando de alegria. — Então, Fada, se não for um incômodo, gostaria de encontrá-lo. Não vejo a hora de dar um beijo no pobre velho, que sofreu tanto por mim!

— Vá, mas tenha cuidado para não se perder. Siga o caminho pelo bosque e por lá o encontrará.

Pinóquio partiu e, adentrando o bosque, começou a correr como uma gazela. Quando chegou a um determinado lugar, quase na frente do Grande Carvalho, deteve-se, pois achou ter ouvido barulhos no meio dos arbustos. Adivinhem quem apareceu? A Raposa e o Gato, seus companheiros de viagem, com os quais havia jantado na pousada do Camarão Vermelho.

— Olhe só, nosso querido amigo Pinóquio! — gritou a Raposa, abraçando-o e beijando-o. — Como você está aqui?

— Como você está aqui? — repetiu o Gato.

— É uma longa história! — disse o boneco. — Contarei detalhadamente. Vocês devem saber que na outra noite, quando me deixaram sozinho na pousada, encontrei os assassinos na estrada...

— Os assassinos? Oh, meu pobre amigo! O que eles queriam?

— Queriam roubar as moedas de ouro.

— Infames! — disse a Raposa.

— Muito infames! — repetiu o Gato.

— Foi então que eu fugi — continuou o boneco. — Mas eles continuaram atrás de mim até que me alcançaram e me penduraram num galho do Carvalho.

Pinóquio apontou para o Grande Carvalho, que estava a dois passos dali.

— Poderíamos ter ouvido algo pior? — disse a Raposa. — Que mundo é esse em que estamos condenados a viver! Onde haverá um refúgio para nós, pessoas decentes?

Enquanto conversavam, Pinóquio reparou que o Gato estava manco da pata dianteira direita, já que lhe faltava um pedaço. Por isso, perguntou:

— O que aconteceu com a sua pata?

O Gato queria responder algo, mas se atrapalhou. Foi então que a Raposa respondeu:

— Meu amigo é muito modesto e por isso não responde. Responderei por ele. Faz uma hora que encontramos um velho lobo, quase desfalecido de tanta fome, que nos pediu uma esmola. Como não tínhamos nada para dar, adivinhe o que meu amigo, que tem um coração de ouro, fez? Cortou com os próprios dentes uma das suas patas dianteiras e deu para o pobre animal, para que ele pudesse matar a fome.

E ao terminar de dizer isso, a Raposa enxugou uma lágrima.

Pinóquio, que também estava comovido, aproximou-se do Gato e sussurrou-lhe ao ouvido:

— Se todos os gatos fossem como você, os ratos seriam felizes!

— O que você está fazendo por aqui? — perguntou a Raposa ao boneco.

— Espero o meu pai, que deve chegar daqui a pouco.

— E as suas moedas de ouro?

— Estão no meu bolso, menos uma que foi gasta na hospedaria.

— E pensar que quatro moedas poderiam se tornar mil ou duas mil! Por que você não segue o meu conselho? Por que você não vai plantá-las na Terra dos Milagres?

— Hoje é impossível, irei outro dia.

— Outro dia será tarde.

— Por quê?

— Porque a Terra foi comprada por um senhor importante e a partir de amanhã não será possível semear dinheiro, ele não dará permissão.

— A que distância daqui está a Terra dos Milagres?

— Apenas dois quilômetros. Quer vir conosco? Em meia hora estaremos lá. Você semeia rapidamente as quatro moedas e em poucos minutos recolhe duas mil, retornando esta noite com os bolsos cheios. Quer vir conosco?

Pinóquio duvidou um pouco ao se lembrar da Fada tão boa, do velho Geppetto e dos avisos do Grilo Falante. Mas acabou fazendo aquilo que as crianças que não têm um pingo de juízo fazem, isto é, ele balançou a cabeça e disse para a Raposa e o Gato:

— Vamos, vou com vocês.

E partiram. Depois de andarem durante meio dia chegaram a uma cidade chamada "Engoda-tontos". No momento em que entrou na cidade, Pinóquio viu as ruas cheias de cachorros sem pelo que bocejavam de fome, galinhas sem cristas que pediam de esmola grãos de milho, borboletas muito grandes que não podiam voar, já que venderam suas asas coloridas, pavões sem cauda que tinham vergonha de serem vistos, faisões que andavam em pequenos passos sentindo falta das magníficas penas douradas e prateadas, perdidas para todo o sempre.

No meio dessa multidão de mendigos e homens pobres, de tempos em tempos, uma nobre carruagem passava, carregando em seu interior uma raposa, uma gralha ou alguma ave de rapina.

— Onde está a Terra dos Milagres? — perguntou Pinóquio.

— Está ali, pertinho.

Atravessaram a cidade e cruzaram as muralhas para ir a um gramado deserto que, à primeira vista, era como um gramado qualquer.

— Chegamos — disse a Raposa ao boneco. — Agora você deve se inclinar, cavar com as mãos um pequeno buraco e colocar as moedas de ouro dentro.

Pinóquio obedeceu. Ele cavou o buraco e colocou as quatro moedas de ouro que haviam sobrado; então ele cobriu o buraco com um pouco de terra.

— Agora... — disse a Raposa — vá ao poço mais próximo, pegue um balde de água e regue a terra onde semeou as moedas.

Pinóquio foi até o poço e, como não tinha um balde, tirou um dos sapatos, encheu-o de água e regou a terra que cobria o buraco. Depois disso, perguntou:

— O que mais devo fazer?

— Mais nada — respondeu a Raposa. — Podemos ir embora. Você volta daqui a vinte minutos e encontrará a árvore já crescida e com galhos cheios de moedas.

O coitado do boneco, fora de si por causa da alegria, agradeceu mil vezes à Raposa e ao Gato, e prometeu-lhes um belo presente.

— Não queremos presentes — responderam os dois malandros. — Para nós é suficiente o fato de termos ensinado você a enriquecer sem ter feito esforço, e isso nos alegra muito.

Depois de dizerem isso, despediram-se de Pinóquio e, prevendo uma boa colheita, foram cuidar de suas vidas.

XIX

Roubam as moedas de ouro de Pinóquio, e ainda, de castigo, ele pega quatro meses de prisão.

O boneco retornou à cidade e começou a contar os minutos, um por um. Quando achou que já era hora, foi em direção à Terra dos Milagres. Enquanto andava com passo acelerado, seu coração batia muito forte e fazia tique-taque, tique-taque como um relógio de parede acelerado. Ia pensando consigo:

— E se em vez de mil moedas eu encontrasse duas mil nos galhos? E se no lugar de duas mil eu encontrasse cinco mil? Oh! Eu me transformaria num senhor muito importante! Teria um lindo palácio, mil cavalinhos de pau e mil cavalariças para brincar. Uma bodega de licores finos e uma estante cheia de compotas, bolos, pães doces, amêndoas e tortas de creme.

Fantasiando assim, aproximou-se do campo e parou para ver se conseguia ver alguma árvore com galhos carregados de moedas, mas não viu nada. Ele deu mais cem passos e nada. Entrou no gramado, foi precisamente ao local do buraco onde ele havia enterrado suas moedas, e nada. Então ele permaneceu pensativo e, esquecendo as regras de educação e boas maneiras, tirou a mão do bolso e começou a coçar a cabeça.

Naquele momento, uma grande risada chegou aos seus ouvidos. Virando, ele viu um grande Papagaio em uma árvore, limpando as poucas penas que tinha.

— Por que você está rindo? — perguntou Pinóquio, com uma voz irritada.

— Estou rindo porque, ao retirar os piolhos das minhas penas, fiz cócegas embaixo das minhas asas.

O boneco não respondeu. Ele foi até o poço, encheu o sapato com água e começou a regar novamente a terra que cobria as moedas de ouro.

Outra risada, ainda mais impertinente do que a primeira, foi ouvida na silenciosa solidão do gramado.

— Ora essa! — exclamou Pinóquio, enfurecido. — Posso saber, Papagaio mal-educado, de que você ri?

— Eu dou risada dos bobos que acreditam em todas as bobagens e, por isso, são enganados por aqueles que são mais espertos que eles.

— Você está falando de mim?

— É claro que estou falando de você, pobre Pinóquio, você é tão ingênuo por achar que o dinheiro pode ser semeado e colhido como se faz com feijões e abóboras. Eu também acreditei e agora pago por isso. Somente agora, e já é tarde, tenho a certeza de que, para se juntar dinheiro de forma honrada, deve-se trabalhar com as mãos e com a engenhosidade da mente.

— Não entendo — disse o boneco, que começou a tremer de medo.

— Paciência! Vou explicar melhor — acrescentou o Papagaio. — Você tem que saber que, enquanto esperava na cidade, a Raposa e o Gato voltaram a este gramado, tiraram as moedas de ouro enterradas e depois fugiram. Alcançá-los não será uma tarefa fácil.

Pinóquio ficou de boca aberta e não conseguia acreditar nas palavras do Papagaio; começou a cavar com as mãos e unhas o pedaço de terra que havia regado. E, depois de cavar e cavar, fez um buraco tão profundo que cabia um feno de palha dentro, mas as moedas não estavam ali.

Então, vencido pelo desespero, correu de volta para a cidade e foi direto para a Corte denunciar perante o juiz os dois canalhas que o haviam roubado.

O juiz era um velho macaco da raça dos Gorilas, respeitável por sua idade avançada, por sua barba branca e, principalmente, por seus óculos de ouro, sem lentes, que ele era obrigado a carregar continuamente por causa de uma doença nos olhos que o atormentava havia anos.

Pinóquio, na presença do juiz, contou com o máximo de detalhes toda a fraude da qual ele havia sido vítima. Deu os nomes, sobrenomes e características dos canalhas e acabou pedindo justiça.

O juiz ouviu-o com gentileza, ele estava muito interessado na história, ficou comovido e tocado. Quando o boneco não tinha mais nada a acrescentar, ele estendeu a mão e tocou uma campainha.

Ao ouvir a campainha, vieram dois cães mastins vestidos de guarda. O juiz disse aos guardas, apontando para Pinóquio:

— Foram roubadas quatro moedas de ouro deste pobre diabo. Então levem-no à cadeia imediatamente.

O boneco, surpreso pela sentença, ficou tenso e quis protestar, mas os guardas, para evitar a inútil perda de tempo, cobriram sua boca e o levaram ao calabouço.

Ele teve que ficar lá por quatro meses. Quatro longos meses. E ficaria mais tempo ainda se não tivesse ocorrido um fato que mudou sua sorte. Devemos saber que o jovem Imperador que reinava na cidade dos "Engoda-tontos" conquistou uma grande vitória sobre seus inimigos; então ordenou que fizessem uma grande festa pública com luminárias, fogos de artifícios, corridas de cavalo e de velocípedes, e, em sinal de euforia, mandou que abrissem as portas de todas as prisões e que de lá saíssem todos os malandros.

— Se todos eles saírem da prisão, eu também quero sair — disse Pinóquio ao carcereiro.

— Você, não — respondeu o carcereiro. — Você não é um deles.

— Desculpe-me, mas eu também sou um malandro — replicou Pinóquio.

— Sendo assim, você tem toda a razão — disse o carcereiro.

Tirando o chapéu de forma respeitosa, cumprimentou-o, abriu as portas da cadeia e o deixou partir.

XX

Pinóquio sai da prisão e prepara-se para retornar à casa da Fada. No caminho ele encontra uma cobra horrível e depois fica preso numa armadilha.

Imaginem a alegria de Pinóquio quando ficou livre. Saiu imediatamente da cidade e pegou o caminho para a casinha da Fada de cabelos azuis.

Por causa do tempo chuvoso, a estrada se transformara em um pântano e ele andava com a perna afundada na lama até os joelhos.

O boneco não ficou preocupado.

Atormentado pelo desejo de ver novamente seu pai e sua irmãzinha de cabelos azuis, ele corria aos trancos e barrancos como um cão de caça e, enquanto corria, sujava seu gorro. Enquanto isso, ele ia dizendo:

— Quantas desgraças aconteceram comigo! E eu mereço, porque sou um boneco cabeça-dura e teimoso, sempre quero fazer as coisas do meu jeito, sem dar crédito para quem me ama ou que tenha mais juízo do que eu... Mas, a partir de agora, pretendo mudar minha vida e me tornar um menino bom e obediente mais ainda, sabendo que os filhos desobedientes sempre se dão mal e não fazem nada certo. Meu pai estará esperando por mim? Vou encontrá-lo na casa da Fada? Faz tanto tempo que não o vejo, coitado. Estou ansioso para lhe dar mil carinhos e beijos. E a Fada? Perdoará pelas atitudes feias que tomei? E pensar que recebi dela muita atenção e cuidados carinhosos! Pensar que, se ainda estou vivo, devo a ela! Por acaso há uma criança mais sem-coração e ingrata do que eu?

Enquanto ia raciocinando dessa forma, fez uma pausa e ficou espantado. Retrocedeu quatro passos.

O que ele tinha visto?

Ele vira uma enorme serpente espalhada pela estrada, de pele verde, olhos de fogo e uma cauda pontuda que soltava fumaça como uma chaminé.

Impossível imaginar o medo do boneco. Afastou-se mais de meio quilômetro e sentou-se num monte de pedras, esperando que a serpente fosse embora para cuidar dos seus assuntos e deixasse livre o caminho.

Esperou uma hora, duas horas, três horas, mas a serpente continuava por ali. O brilho de fogo dos seus olhos e a coluna de fumaça que a sua cauda soltava via-se de longe.

Então Pinóquio, armado de coragem, aproximou-se a poucos passos de distância e, com uma voz doce, insinuante e sutil, disse à serpente:

— Desculpe, senhora Serpente, por favor, poderia deixar um lugarzinho para eu poder passar?

Foi a mesma coisa que falar com uma parede. A Serpente não se moveu.

Então ele disse novamente, com a mesma voz doce:

— Você deve saber, senhora Serpente, que estou indo pra minha casa, onde meu pai, que não vejo há muito tempo, me espera... Você me permitirá continuar meu caminho?

Especulou uma resposta para sua pergunta, mas a resposta não veio. A Serpente, que até então parecia vigorosa e cheia de vida, ficou imóvel e quase rígida. Ela fechou os olhos e a cauda parou de jogar fumaça.

— Ela estará realmente morta? — disse Pinóquio, esfregando as mãos com entusiasmo. E, sem pensar muito, tentou passar por cima da Serpente para atravessar e continuar pela estrada. Mas ele não havia terminado de passar as pernas sobre a Serpente, quando ela se levantou e saltou de maneira súbita como uma mola, e o boneco, quando recuou pelo medo, tropeçou e caiu no chão. Caiu de forma tão infeliz que permaneceu com a cabeça enterrada na lama da estrada e com as pernas para cima, rígidas.

Vendo aquele boneco que chutava de forma rápida e de cabeça pra baixo, a Serpente teve um ataque de riso muito grande. Ela riu, riu e riu muito! Tanto que no esforço da sua risada, uma veia do peito estourou. Foi aí que ela morreu de verdade.

Pinóquio começou a correr para chegar à casa da Fada antes que escurecesse. Mas, incapaz de resistir às terríveis tentações da fome no caminho, ele entrou em um terreno com a intenção de comer alguns cachos de uva moscatel. Seria melhor que nunca o tivesse feito!

Apenas chegando na videira, crac! Sentiu sua perna sendo apertada por dois ferros cortantes que o fizeram ver todas as estrelas que há no céu.

O pobre boneco fora pego por uma armadilha armada pelos camponeses para pegar fuinhas, que eram o flagelo de todos os galinheiros próximos.

XXI

Pinóquio é capturado por um camponês que o força a agir como um cão de guarda em seu galinheiro.

Pinóquio, como vocês bem podem imaginar, começou a chorar, gritar e reclamar. Mas os choros e os gritos eram inúteis, porque não havia uma casa ao redor e pela estrada não havia uma alma viva.

Enquanto isso, a noite chegou.

Em parte pela dor que causava a armadilha, que apertava suas canelas, e em parte pelo medo de ficar sozinho na escuridão no meio do nada, o boneco quase desmaiou. De repente, vendo que passava um vaga-lume sobre sua cabeça, chamou-o e disse-lhe:

— Vaga-lumezinho, poderia me fazer o favor de me livrar deste suplício?

— Pobre menino! — replicou o Vaga-lume, parando para olhá-lo com piedade. — Como esses ferros afiados prenderam suas pernas?

— Entrei neste terreno para colher dois cachos desta uva moscatel...

— E as uvas eram suas?

— Não...

— Quem o ensinou a pegar aquilo que é dos outros?

— Eu tinha fome...

— A fome, meu filho, não é uma boa razão para pegarmos o que não é nosso.

— É verdade, é verdade! — gritou Pinóquio, chorando. — Mas eu nunca mais farei isso!

Nesse momento o diálogo foi interrompido por um leve ruído de passos que se aproximavam. Era o dono do terreno que estava indo, na ponta dos pés, para ver se algum dos furões que comiam seus frangos de madrugada tinha ficado preso na armadilha.

Seu espanto foi grande quando, ao tirar a lanterna que estava embaixo do sobretudo, percebeu que, em vez de um furão, a armadilha pegara uma criança.

— Ah! Ladrãozinho! — disse o camponês, irritado — Então é você que rouba minhas galinhas!

— Eu não, eu não! — gritou Pinóquio, soluçando. — Entrei aqui no terreno somente para colher dois cachos de uvas!

— Quem rouba uvas é capaz de roubar frangos também. Vou lhe dar uma lição que você não vai esquecer facilmente!

E, abrindo a armadilha, segurou o boneco pelo pescoço e carregou-o, sem encostá-lo no chão, até chegar em casa, como se levasse um cordeiro recém-nascido.

Ao chegar ao terreiro em frente à casa, jogou-o no chão e, metendo--lhe um pé no pescoço, disse-lhe:

— Já é tarde e quero me deitar. Amanhã acertaremos as nossas contas. No entanto, como o cão de guarda morreu hoje, agora você ocupará o posto dele. Você me servirá de cão de guarda.

Dito e feito. Colocou no pescoço dele uma grande coleira, toda coberta de pontas de latão, e apertou-a bem para que não pudesse tirá-la passando a cabeça por dentro. O colar estava preso a uma longa corrente de ferro, e a corrente, presa no muro.

— Se durante esta noite — disse o camponês — começar a chover, você pode se deitar naquela casinha de madeira, onde está a palha que, durante quatro anos, serviu de cama ao meu pobre cão. E, se por azar vierem os ladrões, não se esqueça de manter os ouvidos bem abertos e latir.

Depois desta última advertência, o camponês entrou em casa e trancou a porta, girando várias vezes a chave. O coitado do Pinóquio ficou encolhido no terreiro, mais morto do que vivo, por causa do frio, da fome e do medo. De vez em quando colocava as mãos dentro da coleira que lhe apertava o pescoço. Dizia, chorando:

— Eu mereço! Lógico que eu mereço! Eu quis ser preguiçoso, vadio... dei ouvido às más companhias e por isso a desgraça me persegue.

Se eu fosse um bom menino, como tantos por aí, se tivesse estudado e trabalhado, se eu tivesse ficado com o pobre do meu pai, eu não estaria aqui agora, no meio de um terreno, sendo cão de guarda para um camponês. Oh, se pudesse nascer de novo... mas já é tarde, paciência!

Depois desse pequeno desabafo, que saiu do fundo do seu coração, entrou na casinha e dormiu.

XXII

Pinóquio descobre os ladrões e, em recompensa por ter sido fiel, é liberto.

Tinham-se passado duas horas com o Pinóquio dormindo tranquilamente, quando, à meia-noite, ele acordou com sussurros e cochichos de vozes desconhecidas, que lhe pareceu terem vindo do terreiro. Botou a ponta de seu nariz para fora da abertura da casinha e viu um conselho de quatro animais de pelos escuros, parecidos com gatos. Mas não eram gatos, eram furões, pequenos animais que apreciam ovos e pintinhos. Um dos furões se separou de seus companheiros, foi até a casinha e disse, em voz baixa:

— Boa noite, Melampo.

— Não me chamo Melampo — respondeu o boneco.

— Então, quem é você?

— Sou Pinóquio.

— E o que você faz aí?

— Estou como cão de guarda.

— Onde está Melampo? Onde está o velho cão que morava nessa casinha?

— Morreu esta manhã.

— Morto? Pobre animal! Era tão bom... mas, julgando a sua cara, você também deve ser um cão amável.

— Por favor, eu não sou um cão.

— Então, o que você é?

— Sou um boneco.

— E está aqui de cão de guarda?

— Infelizmente. É um castigo!

— Tudo bem, eu proponho pra você o mesmo pacto que tinha com o defunto Melampo. Você ficará feliz.

— Qual pacto?

— Nós vamos vir aqui uma vez por semana, à noite, como sempre, pra invadir o galinheiro. Levaremos oito galinhas. Dessas galinhas, sete nós comeremos e uma vamos dar pra você com a condição de que você, é claro, finja que está dormindo e não lhe ocorra latir e acordar o camponês.

— Melampo fazia isso? — perguntou Pinóquio.

— Claro que sim, e sempre estivemos acertados. Bom, você pode dormir tranquilamente, e pode ter certeza de que, antes de nós partirmos, deixaremos uma galinha completamente depenada pra você aqui na casinha, pela manhã, pra você comê-la. Estamos de acordo?

— É claro que sim... — respondeu Pinóquio, mexendo a cabeça de forma ameaçadora como se tentasse dizer: "Vocês vão ver".

Os quatro furões, achando que estavam em segurança, foram diretamente ao galinheiro, que era próximo à casinha de cachorro. Abriram, com a força de unhas e dentes, a portinhola de madeira que fechava a entrada e deslizaram para seu interior, um depois do outro. Mas mal tinham acabado de entrar quando ouviram a portinhola ser fechada, com grande violência.

Quem havia fechado a portinhola era Pinóquio que, não contente em fechá-la, pôs na frente dela uma grande pedra, como suporte, para maior segurança. Depois, começou a latir como se fosse um cão de guarda, fazendo com a voz: "Au- au- au".

Ao ouvir os latidos, o camponês pulou da cama, pegou o fuzil e, aproximando-se da janela, perguntou:

— Quais são as novidades?

— Estão aqui os ladrões.

— Onde estão?

— No galinheiro.

— Vou descer agora mesmo.

Efetivamente, em um momento o camponês desceu, entrou correndo no galinheiro e, depois de ter prendido e fechado num saco os quatro furões, disse num tom de alegria e satisfação:

— Finalmente caíram em minhas mãos! Poderia castigá-los, mas não sou tão cruel. Vou me conformar levando vocês para o taberneiro da cidade vizinha, que arrancará as suas peles e as guisará como lebres. É uma honra que vocês não merecem, mas os homens generosos como eu não reparam nessas bobagens.

Depois aproximou-se de Pinóquio e começou a fazer carinho, perguntando-lhe, entre demais coisas:

— Como você fez para descobrir o plano desses quatro ladrõezinhos? Pensar que o Melampo, o meu fiel Melampo, nunca descobriu nada.

O boneco poderia ter contado tudo o que sabia, ou seja, poderia ter contado o pacto vergonhoso que existia entre o cachorro e os furões. Mas lembrando que o cachorro estava morto, pensou: "De que adianta acusar os mortos? Os mortos estão mortos, e o melhor que posso fazer é deixá-los em paz".

— Quando chegaram os furões ao terreiro, você estava acordado ou dormia? — continuou perguntando o camponês.

— Dormia — respondeu Pinóquio —, mas os furões me acordaram com seus cochichos. Um veio até aqui, na casinha, e me disse: "Se você prometer não latir e não acordar o seu dono, daremos a você um frango depenado". Entende, não é? Tiveram a cara de pau de me fazer essa proposta! Eu sou um boneco com todos os defeitos do mundo, mas há de se saber que eu nunca fui cúmplice de pessoas desonestas.

— Bom menino! — exclamou o camponês, batendo-lhe no ombro. — Esses sentimentos o preenchem de honra. Para provar a minha grande satisfação, libertarei você agora mesmo para que possa retornar a sua casa.

E tirou a coleira de Pinóquio.

XXIII

Pinóquio chora a morte da linda jovem de cabelos azuis. Depois encontra um pombo que o leva até a beira-mar e se atira na água para ajudar seu pai Geppetto.

Assim que Pinóquio sentiu-se livre do peso duro e humilhante daquela coleira em volta do pescoço, ele correu pelos campos e não parou por um minuto até chegar à estrada principal que o levaria para a casa da fada.

Quando chegou à estrada principal, voltou-se para olhar a planície e pôde ver a floresta onde, para sua infelicidade, encontrara a Raposa e o Gato. Viu, entre as árvores, a copa do Grande Carvalho, aquela onde ele foi pendurado pelo pescoço, mas, por mais que olhasse para todos os lados, não conseguiu ver a casa da linda jovem de cabelos azuis.

Teve, então, uma espécie de triste premonição, e correndo com todas as forças que lhe restavam nas pernas, se viu em poucos minutos na grama onde estava construída a casinha branca. Porém, a casinha branca não estava mais ali. No mesmo lugar, havia uma pequena lápide de mármore na qual era possível ler, em letras maiúsculas, estas dolorosas palavras:

AQUI JAZ A JOVEM DE CABELOS AZUIS QUE MORREU DE TRISTEZA POR TER SIDO ABANDONADA PELO SEU IRMÃO PINÓQUIO.

Podem imaginar como ficou o boneco quando conseguiu ler, com muita dificuldade, aquelas palavras! Caiu de bruços no chão, cobriu com mil beijos a lápide e começou a chorar. Chorou a noite toda até a manhã seguinte; quando amanheceu, continuou a chorar, embora não lhe restassem lágrimas nos olhos. Seus gritos e lamentos eram tão agudos e tão dolorosos que eram repetidos por todas as colinas ao redor, em forma de eco.

Enquanto chorava, dizia:

— Oh, minha pequena Fada! Por que você está morta? Por que não morri no seu lugar, eu que sou tão mau, sendo que você era tão boa? E meu pai, onde ele estará? Ah, Fadinha, diga-me onde posso encontrá-lo porque quero estar com ele pra sempre e nunca deixá-lo, nunca, nunca! Oh, minha pequena Fada, me diga que não é verdade que você morreu! Se você realmente me ama, se você ama seu irmãozinho, viva novamente, volte a viver! Você não sente pena de me ver sozinho e abandonado por todos? Se os assassinos chegarem, eles me enforcarão novamente num galho de árvore... Então morrerei, para sempre. O que você quer que eu faça aqui, sozinho neste mundo? Agora que perdi você e meu pai, quem vai me alimentar? Onde vou dormir? Quem vai me fazer uma nova jaqueta? Oh, seria melhor, cem vezes melhor, que eu também morresse! Sim, eu quero morrer! Ai, ai, ai!

E enquanto se desesperava, tentou arrancar seus cabelos, mas como eles eram de madeira, não podia nem colocar os dedos entre eles para puxá-los.

Naquele momento passou pelo ar um grande Pombo que, pairando de asas abertas, gritou desde o alto:

— Menino, o que faz aí embaixo?

— Não vê? Estou chorando! — respondeu Pinóquio levantando a cabeça na direção daquela voz e esfregando os olhos com a manga da jaqueta.

— Diga-me — acrescentou o Pombo —, por acaso, entre seus colegas, você conhece alguém chamado Pinóquio?

— Pinóquio? Você disse Pinóquio? — repetiu o boneco, ficando de pé. — Eu sou Pinóquio!

O Pombo, depois de ouvir a resposta, desceu num mergulho e pousou no chão. Ele era maior do que um peru.

— Então, você conhece o Geppetto?

— Se eu o conheço? É o meu pai, coitado! Por acaso ele falou sobre mim? Poderia me levar até ele? Ele ainda está vivo? Responda, por favor! Ele vive?

— Deixei-o na praia há três dias.

— O que ele está fazendo?

— Ele estava fabricando um barquinho para atravessar o oceano. Há mais de quatro meses esse pobre homem percorre o mundo buscando você e, como não o encontra, botou na cabeça que devia procurar você nos países distantes do Novo Mundo.

— Qual a distância daqui até a praia? — perguntou Pinóquio, com grande ansiedade.

— Mais de mil quilômetros.

— Mil quilômetros? Oh, Pombo, seria tão bom ter as suas asas!

— Se você quiser ir, eu o levo.

— Como?

— A cavalo, na minha garupa. Você pesa muito?

— Pesar? Nada disso! Sou leve como uma pena!

E, sem esperar, Pinóquio pulou na garupa do Pombo. Pôs uma perna em cada lado, como fazem os cavaleiros, e gritou, muito feliz:

— Galopa! Galopa, cavalinho, que tenho pressa para chegar!

O Pombo levantou voo e em poucos minutos foi tão alto que quase tocou as nuvens. Naquela altura, que era extraordinária, o boneco sentiu a curiosidade de olhar para baixo. Sentiu tanto medo e tanta vertigem quando olhou que, para evitar que caísse, segurou-se muito forte no pescoço de sua cavalgadura emplumada.

Voaram o dia todo. Ao chegar a noite, o Pombo disse:

— Tenho muita sede!

— E eu tenho muita fome! — acrescentou Pinóquio.

— Vamos parar alguns minutos naquele pombal. Continuaremos em seguida a viagem pra chegarmos à praia ao amanhecer.

Entraram num pombal deserto, onde havia apenas uma bacia cheia de água e um cesto cheio de ervilhas.

O boneco nunca engolira uma ervilha na vida; segundo ele, davam-lhe náuseas, reviravam-lhe o estômago. Mas naquela noite encheu a pança e, quando estava para terminar de comer, voltou-se para o Pombo e disse:

— Nunca acreditei que as ervilhas fossem tão gostosas!

— Você tem que se convencer, menino — respondeu o Pombo —, que, quando você realmente está com fome e não há mais nada para comer, até as ervilhas são excelentes. A fome não tem caprichos ou paladar!

Uma vez tomado, rapidamente, o pequeno lanche, eles continuaram viajando. Na manhã seguinte, chegaram à praia.

O Pombo pôs Pinóquio em terra firme e, sem querer que ele lhe agradecesse por ter feito a boa ação, decolou imediatamente e desapareceu.

A praia estava cheia de gente que gritava e gesticulava, olhando para o mar.

— O que está acontecendo? — perguntou Pinóquio para uma velhinha.

— Aconteceu que um pai, tendo perdido o filho, quis embarcar num barquinho para ir procurá-lo atravessando o mar. Mas o mar hoje está muito ruim, e o barquinho está quase afundando...

— Onde está o barquinho?

— Ali, lá longe, onde aponto com o dedo — disse ela indicando um pequeno barco que, visto de tão longe, parecia uma casca de noz com um homem muito pequeno dentro.

— É o meu pai! É o meu pai!

Enquanto isso, o barquinho era espancado pela fúria das ondas, desaparecia com as ondas maiores e voltava a flutuar. Pinóquio, parado em cima de uma pedra bem grande, chamava seu amado pai pelo nome e gesticulava com as mãos, com um lenço numa e com seu gorro na outra.

E parecia que Geppetto, embora estivesse muito longe da praia, reconhecera o filho, porque também tirava o chapéu e cumprimentava-o. Com os gestos, parecia dar a entender que voltaria de bom grado, mas que o mar estava tão agitado que o impedia de manobrar os remos para chegar perto da costa.

De repente ergueu-se uma onda terrível e o barco desapareceu.

Esperaram que o barco voltasse a flutuar, mas não voltou a aparecer.

— Pobre homem! — disseram os pescadores que estavam reunidos na praia, murmuraram uma pequena oração e começaram a retornar para suas casas.

Nesse momento, ouviram um grito desesperado e, ao se voltarem para sua direção, viram um menino que se jogava ao mar do topo de uma pedra, gritando:

— Quero salvar meu pai!

Pinóquio, como era de madeira, boiava facilmente e nadava como um peixe. Viram-no desaparecer entre as águas, por causa do ímpeto da maré, e levantar uma perna ou um braço, bem distante da praia. Depois perderam-no de vista e não o viram mais.

— Pobre criança! — disseram os pescadores que estavam reunidos na praia, murmuraram uma pequena oração e retornaram para suas casas.

XXIV

Pinóquio chega à Ilha das Abelhas Operárias e encontra novamente a Fada.

Pinóquio, animado pela esperança de chegar a tempo para ajudar seu pai, nadou a noite toda.

Que noite horrível foi aquela! Dilúvio, granizo, trovões assustadores com relâmpagos que tornavam a noite em dia.

Ao amanhecer, conseguiu ver ao longe uma larga franja de terra. Era uma ilha no meio do mar.

Então ele lutou para se aproximar da ilha, mas foi inútil. As ondas o jogavam para todos os lados, como se fosse um graveto ou um canudo. Felizmente, uma onda poderosa e impetuosa o jogou na direção da areia da praia.

O golpe foi tão forte que, ao bater na terra, todas as suas costelas e articulações estalaram, mas ele se consolou logo, dizendo:

— Mais uma vez escapei sem danos!

Enquanto isso, o céu foi se acalmando aos poucos, o sol apareceu em todo o seu esplendor e o mar foi ficando tão calmo e pacífico como o óleo.

O boneco pendurou suas roupas para secar no sol e começou a olhar para todos os lados, tentando encontrar naquela imensa extensão de água um barquinho com um homem dentro. Mas depois de ter olhado tudo, não viu nada além de céu, mar e alguma vela de navio tão longe que parecia uma mosca.

— Se ao menos soubesse como se chama esta ilha! — disse a si mesmo. — Se soubesse, pelo menos, se esta ilha é habitada por pessoas amáveis, quero dizer, pessoas que não têm o hábito de pendurar crianças em galhos de árvores! Mas pra quem eu posso perguntar? Pra quem, se não há ninguém aqui?

A ideia de estar sozinho, sozinho, sozinho, no meio daquela extensão de terra desabitada, causou-lhe uma melancolia que o deixou prestes a chorar. De repente, ele viu passar a pouca distância da costa um grande peixe, que ia de forma tranquila para seus afazeres com a cabeça fora da água.

Não sabendo o nome dele, o boneco gritou, em voz alta, para que fosse ouvido:

— Ei, senhor Peixe! Posso ter uma palavrinha com o senhor?

— Posso dar duas — respondeu o peixe que, na verdade, era um Golfinho tão gentil que poucos assim são encontrados nos mares.

— Poderia me dizer se nesta ilha há algum lugar onde se possa comer sem correr o risco de ser comido?

— Certamente que há — respondeu o Golfinho. — E ainda melhor, encontrará um não muito longe daqui.

— Por qual caminho devo seguir?

— Você tem que andar nesse caminho, à esquerda, e continuar sempre em linha reta. Você não pode se perder.

— Mais uma coisa. O senhor, que passa dia e noite pelo mar, não encontrou meu pai, por acaso, dentro de um barquinho?

— E quem é o seu pai?

— É o pai mais bonzinho do mundo, e eu sou o pior filho que possa existir.

— Com a tempestade dessa noite — respondeu o Golfinho —, o barquinho deve ter afundado.

— E o meu pai?

— A essa altura deve ter sido engolido pelo terrível Tubarão que há uns dias está espalhando o extermínio e a desolação nas nossas águas.

— É muito grande esse Tubarão? — perguntou Pinóquio, que começava a tremer de medo.

— Se ele é grande? — disse o Golfinho. — Pra você ter ideia, direi a você que ele é maior que um casarão de cinco andares e tem uma boca tão larga e tão grande que poderia engolir facilmente um trem de ferro com a locomotiva acesa.

— Mãe do Céu! — gritou o boneco, assustado. Vestiu-se rapidamente, voltou-se para o Golfinho e disse: — Até a próxima, senhor Peixe! Desculpe o incômodo e muito obrigado!

Depois de dizer isso, pegou o caminho, a passo ligeiro. Tão ligeiro que era quase correndo. No menor ruído que ouvia, virava-se rapidamente para trás, com medo de ser perseguido pelo terrível Tubarão, grande como uma casa de cinco andares e com um trem na boca.

Após meia hora caminhando chegou a um vilarejo chamado Terra das Abelhas Operárias. As ruas estavam repletas de pessoas que corriam de um lado para o outro para cuidar de seus assuntos. Todos trabalhavam, todos tinham algo para fazer. Nem procurando com uma lupa podia se encontrar algum vadio ou um vagabundo.

— É claro! — disse, rapidamente, o preguiçoso Pinóquio. — Este vilarejo não é para mim! Eu não nasci para trabalhar!

Entretanto, a fome o atormentava, pois havia passado vinte e quatro horas sem comer nada, nem sequer um prato de ervilhas.

Envergonhara-se de pedir esmolas, porque seu pai havia lhe dito que só têm direito de pedir esmolas os velhos e doentes. Neste mundo, os verdadeiros pobres, os que merecem caridade e compaixão, são aqueles que, por motivo de velhice ou doença, estão fadados a não poder ganhar o pão com o trabalho de suas mãos. Todos os outros têm a obrigação de trabalhar. Se não trabalharem, passarão fome.

Naquele momento, um homem muito suado e ofegante passou pela rua puxando com esforço dois carrinhos de mão cheios de carvão.

Pinóquio achou que ele parecia uma boa pessoa, por isso, aproximou-se e, baixando os olhos de vergonha, disse em voz baixa:

— Poderia me dar um centavo, por caridade? Estou morrendo de fome.

— Não darei só um — respondeu o carvoeiro —, darei quatro se você me ajudar a levar estes dois carrinhos para minha casa.

— Me surpreende muito! — respondeu o boneco quase ofendido. — Você deve saber que eu nunca fui um burro, por isso nunca puxei um carrinho.

— Melhor ainda! — respondeu o carvoeiro. — Então, rapaz, quando morrer de fome de verdade, coma duas fatias de seu orgulho. E, tenha cuidado, não vá sofrer uma indigestão.

Uns minutos depois passou pela rua um pedreiro que levava no ombro um balde de areia e cimento.

— Senhor, poderia fazer a caridade de dar um centavo a uma pobre criança que tem muita fome?

— Claro! Venha comigo e, em vez disso, lhe darei cinco centavo — respondeu o pedreiro.

— Mas o trabalho é pesado! — respondeu Pinóquio. — E não quero ficar cansado.

— Se não quer ficar cansado, menino, divirta-se com a fome e faça bom proveito dela.

Em menos de meia hora passaram outras vinte pessoas e Pinóquio pediu esmola para todas, mas elas responderam:

— Não tem vergonha? Em vez de vadiar pelas ruas, vá procurar um trabalho e ganhe seu pão!

Finalmente passou uma boa moça que carregava dois jarros de água.

— Permita-me, moça, que beba um gole de água do seu jarro? — disse Pinóquio, que morria de sede.

— Beba, criança — disse a moça, colocando os jarros no chão.

Pinóquio bebeu a água como uma esponja e murmurou em voz baixa, enquanto limpava a boca:

— Já tirou a minha sede! Tomara que pudesse tirar a minha fome!

A moça, ouvindo essas palavras, acrescentou em seguida:

— Se você me ajudar a levar pra casa um destes jarros de água, posso lhe dar um pedaço de pão.

Pinóquio olhou o jarro e não disse nem que sim, nem que não.

— E, com o pão, lhe darei um bom prato de couve-flor guisado com azeite e vinagre — acrescentou a boa moça.

Pinóquio deu outra olhada para o jarro e não respondeu nem que sim, nem que não.

— Depois da couve-flor, lhe darei um doce com recheio de licor, muito gostoso.

Perante a sedução que a guloseima oferecia, Pinóquio não resistiu. Fez das tripas coração e disse:

— Levarei o jarro pra sua casa!

O jarro era muito pesado e o boneco, sem forças para carregá-lo nas mãos, decidiu levá-lo na cabeça.

Chegando em casa, a boa moça fez com que Pinóquio se sentasse numa mesinha e pôs na sua frente o pão, o guisado de couve-flor e o doce. Pinóquio não comeu, devorou.

Quando as mordidas da fome foram sendo acalmadas, pouco a pouco, ele levantou a cabeça para agradecer a caridade. Mas ainda não tinha acabado de olhar o rosto da moça quando lançou um "oh!" de assombro e ficou como se estivesse enfeitiçado, com os olhos arregalados, o garfo parado no ar e a boca cheia de pão e couve-flor.

— Por que esse espanto todo? — perguntou rindo a boa moça.

— É que... — respondeu Pinóquio, balbuciando — é que... é que... você se parece... eu me lembro... sim, sim, sim... a mesma voz... os mesmos olhos... os mesmos cabelos... sim, sim, sim... os cabelos são azuis também... como ela! Oh! Minha Fadinha! Diga-me que você é a Fada. Não me faça chorar!

E, enquanto falava, Pinóquio começou a chorar desesperadamente e, jogando-se no chão, abraçou os joelhos daquela misteriosa moça.

XXV

Pinóquio promete para a Fada que vai ser bom e estudar, porque está cansado de ser um boneco e quer se tornar um bom menino.

No começo, a boa moça começou a dizer que ela não era a Fada de cabelos azuis, mas, logo depois, vendo que fora descoberta e sem querer prolongar a peça que estava pregando nele, acabou se revelando e disse para Pinóquio:

— Boneco malandro! Como você percebeu que era eu?

— Meu benquerer e meu carinho descobriram.

— Você se lembra? Deixou-me quando era uma menina e agora me encontra como uma mulher, tão mulher que poderia ser sua mãe.

— Adorei, porque desse jeito, em vez de chamar de irmãzinha, chamarei de mamãe. Há tanto tempo desejo ter uma mãe como todas as crianças... Mas o que a fez crescer tão rápido?

— É um segredo.

— Ensine-me, eu também gostaria de crescer. Não vê? Continuo pequeno.

— Mas você não pode crescer! — respondeu a Fada.

— Por quê?

— Porque os bonecos nunca crescem. Nascem como bonecos, vivem como bonecos e morrem como bonecos.

— Oh! Estou farto de ser sempre um boneco! — gritou Pinóquio! — Já é hora de me tornar um homem como todos os outros.

— E você será, se fizer por merecer...

— Verdade? E o que eu posso fazer para merecer?

— Uma coisa muito fácil. Acostume-se a ser um bom menino.

— E eu não sou?

— Claro que não! Os meninos bons são obedientes, e você...

— Não obedeço nunca.

— Os meninos bons têm amor ao estudo e ao trabalho, e você...

— Eu sou um preguiçoso e o vagabundo do ano.

— Os meninos bons dizem sempre a verdade, e você...

— Eu sempre digo mentiras.

— Os meninos bons vão pra escola de boa vontade...

— E só de pensar em ir à escola, fico arrepiado. Mas de hoje em diante quero mudar de vida.

— Promete?

— Prometo. Quero ser um menino bom e quero ser um apoio pro meu pai... Onde está meu pobre pai agora?

— Não sei.

— Terei a sorte de vê-lo novamente e abraçá-lo?

— Creio que sim, tenho quase certeza.

Pinóquio ficou tão contente depois da resposta que pegou nas mãos da Fada e começou a beijá-las com muito entusiasmo, fora de si. Depois, levantou o rosto, olhou-a carinhosamente e perguntou:

— Diga, mamãezinha, então não é verdade que havia morrido?

— Parece que não — respondeu sorrindo a Fada.

— Se você soubesse quanta dor e o nó na garganta que se formou quando li: "Aqui jaz...".

— Sei disso, por isso lhe perdoei. A sua dor sincera me fez compreender que você tinha bom coração, e dos meninos com bom coração, ainda que sejam travessos e malcriados, sempre se pode esperar algo, ou seja, eles sempre podem retornar ao bom caminho. Por isso vim buscá-lo aqui e serei sua mãe...

— Oh, que maravilha! — gritou Pinóquio, pulando de alegria.

— Você vai me obedecer e fará sempre o que eu digo.

— Com muito prazer! Com muito prazer! Com muito prazer!

— Amanhã, você vai começar a ir à escola — acrescentou a Fada.

Pinóquio ficou um pouco menos alegre.

— Depois você vai escolher uma profissão do seu gosto.

Pinóquio ficou sério.

— O que você murmura entre os dentes? — perguntou a Fada, num tom magoado.

— Eu estava falando... — resmungou o boneco — que é um pouco tarde para que eu vá à escola.

— Não senhor. Não se esqueça de que nunca é tarde pra aprender.

— Mas eu não quero trabalhar...

— Por quê?

— Porque trabalhar me cansa.

— Meu filho — disse a Fada —, aqueles que dizem isso terminam na prisão ou no hospital. O homem, nascendo rico ou pobre, tem a obrigação de fazer algo neste mundo, ter uma ocupação, trabalhar, e você deve saber disso. Coitado daquele que ficar preso à vadiagem! A vadiagem é uma doença muito feia e deve ser curada rapidamente, desde o início, senão, quando você crescer, poderá ser tarde.

Essas palavras tocaram a alma de Pinóquio, e ele levantou a cabeça animado e disse à Fada:

— Vou estudar, trabalhar, farei tudo o que você disser, porque estou farto desta vida de boneco e quero a todo custo me tornar um menino. Você prometeu, não é?

— Eu prometi e agora depende de você.

XXVI

Pinóquio vai à praia com os seus colegas de escola para ver o terrível Tubarão.

No dia seguinte, Pinóquio foi à escola pública. Imaginem como reagiram aquelas crianças travessas quando viram na sua escola um boneco! Foi uma risada geral que não acabava nunca. Um deles fazia uma piada e outro fazia outra. Um deles tirava o gorro dele, outro o puxava pela jaqueta. Alguns tentavam pintar-lhe uns bigodes, embaixo do nariz, e teve até quem quis lhe amarrar fios nos pés e nas mãos para fazê-lo dançar.

Por algum tempo, Pinóquio deixou que fizessem isso com a maior paz de espírito, mas, finalmente, ao notar que sua paciência estava acabando, virou-se para aqueles que o cercavam e zombavam dele e lhes disse de forma resoluta:

— Olhem aqui, crianças, não vim aqui pra ser o bobo da corte! Eu respeito os outros e quero ser respeitado.

— Bravo! Falou como se fosse um livro aberto! — zombaram aqueles malandros, jogando-se ao chão, rindo.

Um deles, o mais impertinente de todos, estendeu a mão para pegar o boneco pela ponta do nariz. Mas não chegou ao seu objetivo a tempo porque Pinóquio esticou a perna por baixo da carteira e lhe deu um chute nas canelas.

— Ai! Que pé duro! — gritou o menino, esfregando o hematoma que o boneco tinha feito.

— E os cotovelos! São mais duros que os pés! — disse outro que, pelas suas piadas pesadas, ganhou uma cotovelada no estômago.

O caso é que, depois daquele chute e daquela cotovelada, Pinóquio ganhou a estima e a simpatia de todas as crianças da escola, imediatamente. Todos eles o acariciavam e o amavam muito.

Até o professor estava muito satisfeito porque o notava atento, estudioso, inteligente, ele era sempre era o primeiro a entrar na escola e o último a ficar de pé quando acabavam as aulas.

O único defeito que ele tinha era o de andar acompanhado de muitos colegas. Entre eles havia uns malandrinhos, que eram conhecidos por sua falta de vontade de estudar e de se comportar bem.

O professor o avisava, todos os dias, e a Fada também o advertia e repetia-lhe muitas vezes:

— Olhe, Pinóquio! Cuidado com esses seus colegas que vão acabar, cedo ou tarde, fazendo você perder o seu gosto pelos estudos, e talvez o levem para uma grande desgraça.

— Não há perigo! — respondia o boneco, encolhendo os ombros e tocando a própria testa com o indicador, como se dissesse: "Há muito juízo aqui dentro". Mas aconteceu que um dia, indo para a escola, encontrou a gangue, formada pelos já conhecidos colegas, que foram ao seu encontro e lhe disseram:

— Sabe das novidades?

— Não.

— Chegou a estes mares o Tubarão, grande como uma montanha.

— Verdade? Será o mesmo Tubarão do dia em que meu pai se afogou?

— Nós vamos à praia pra vê-lo. Você quer vir também?

— Eu? Não. Quero ir à escola.

— O que importa a escola? Vamos à escola amanhã. Uma lição a mais, uma lição a menos, nós continuaremos igualmente burros.

— E o professor, o que ele vai dizer?

— Que diga o que quiser. Pagam pra ele reclamar o dia todo.

— E a minha mãe?

— As mães não sabem de nada — responderam eles.

— Querem saber o que vou fazer? — disse Pinóquio. — Quero ver esse Tubarão, tenho meus motivos... mas irei depois da escola.

— Pobre idiota! — protestou um da gangue. — Você acha que um peixe daquele tamanho vai ficar ali só porque você quer? Assim que ele ficar entediado, continuará o seu rumo pra outro lugar, e nós vamos fingir que não o conhecemos.

— Quanto tempo gasta-se daqui até a praia? — perguntou o boneco.

— Em uma hora estamos de volta.

— Então vamos! O último a chegar é um bobo! — gritou Pinóquio.

Dado o sinal para partirem, aquela gangue de malandros, com os livros e os cadernos debaixo do braço, começou a correr pelos campos afora. Pinóquio ia correndo na frente de todos, como se seus pés tivessem asas.

De vez em quando, virava-se, caçoava dos seus colegas que tinham ficado para trás e, ao vê-los sem fôlego, cansados, cheios de terra e com a língua para fora, ele ria com vontade. Aquele infeliz não sabia, naquele momento, quantos perigos e qual desgraça estavam no seu caminho!

XXVII

Uma grande briga entre Pinóquio e os seus colegas. Quando um deles foi ferido, os guardas prenderam Pinóquio.

Quando chegaram à praia, Pinóquio deu uma olhada no mar, mas não viu nenhum Tubarão. O mar estava tão liso quanto um espelho de cristal.

— Onde está o Tubarão? — perguntou, virando-se para seus colegas.

— Deve ter ido comer — respondeu um deles, rindo.

— Ou deve ter ido se deitar, puxar um ronco — agregou outro, rindo mais ainda.

Por ter recebido aquelas respostas inadequadas e risadas tolas, Pinóquio entendeu que seus colegas tinham lhe pregado uma piada de mau gosto, fazendo-o acreditar em algo que não era verdade. Ele ficou com raiva e disse--lhes, com voz irritada:

— Muito bem! Qual é a graça em me fazerem acreditar na história do Tubarão?

— É muito engraçado! — responderam todos em coro.

— O quê?

— Fazer você perder a aula e vir conosco. Você não sente vergonha por ser pontual todos os dias e ser tão aplicado nas lições? Não sente vergonha de estudar tanto?

— E o que lhes importa se eu estudo ou que deixo de estudar?

— Nos importa muito, porque nos deixa em maus lençóis com o professor...

— Por quê?

— Porque os alunos que estudam desmerecem aqueles que, como nós, não querem estudar. E nós não queremos ser desmerecidos! Temos amor-próprio também!

— Então, o que devo fazer para agradá-los?

— Você deve se entediar da escola também, das lições e do professor, que são os nossos três grandes inimigos.

— E se eu quisesse continuar estudando?

— Não olharíamos mais na sua cara e você pagaria por isso na primeira oportunidade.

— Vocês me fazem rir, de verdade — disse o boneco dando de ombros.

— Ei, Pinóquio! — gritou o maior dos meninos. — Não se faça de valentão, nem cante de galo! Se você não tem medo de nós, nós não temos medo de você! Lembre-se de que você está sozinho e que nós somos sete!

— Sete como os pecados capitais! — disse Pinóquio, com uma grande risada.

— Ouviram? Insultou todos nós! Comparou-nos aos pecados capitais!

— Pinóquio! Peça perdão... senão, ai de você!

— Que medo! — disse o boneco encostando os dedos na ponta do nariz em sinal de zombaria.

— Pinóquio, isso vai acabar mal!

— Que medo!

— Você vai apanhar mais que tapete em dia de faxina!

— Que medo!

— Você vai voltar com o nariz quebrado!

— Que medo!

— O medo, sou eu que vou lhe dar! — gritou o mais atrevido dos malandrinhos. — Tome esta, e guarde para o jantar desta noite!

E lançou um soco na direção de sua cabeça.

Foi, como se diz, toma lá, dá cá. Porque como era de se esperar, o boneco respondeu imediatamente com outro soco. E, num instante, a luta tornou-se generalizada e feroz.

Pinóquio, ainda que sozinho, se defendia heroicamente. Com seus pés de madeira muito dura, golpeava os inimigos e os mantinha a uma boa distância. Ao alcance dos seus pés, deixava um hematoma de lembrança.

Então os meninos, revoltados por não poderem encurtar a distância com o boneco para chegar num corpo a corpo, pensaram em usar projéteis e, desamarrando os livros da escola, começaram a lançar sobre ele os silabários, livros de gramática e demais livros da escola. Mas o boneco, que tinha uma ótima visão, esquivava-se de todos a tempo, e os livros passavam sobre sua cabeça e iam parar no mar.

Imaginem os peixes! Os peixes, que achavam que aqueles livros eram comestíveis, corriam em bando até a margem, mas depois de experimentar algumas páginas ou capas, cuspiam-nas rapidamente, fazendo uma careta com a boca que parecia significar "isto aqui não é para nós, estamos acostumados a comer coisas melhores".

A luta ficava cada vez mais feroz, e foi aí que um grande Caranguejo, que havia saído da água e arrastava-se lentamente pela praia, gritou num vozeirão de trompete acatarrado:

— Quietos, moleques, vocês não são mais do que isso! Essas guerras entre garotos nunca terminam bem! Sempre acontece uma desgraça!

Pobre Caranguejo! Foi a mesma coisa que falar com as paredes. Até mesmo o sem-vergonha do Pinóquio voltou-se para ele com rancor e disse de forma grosseira:

— Calado, Caranguejo odioso! O melhor que você pode fazer é chupar duas pastilhas pra sarar desse resfriado. Vá para a cama e trate de melhorar!

Enquanto isso, os meninos, que tinham jogado todos os seus livros, viram que o pacote de livros do boneco estava próximo deles e apoderaram-se dele imediatamente.

Entre aqueles livros havia um volume de capa grossa, encadernado, com as lombadas e cantoneiras em pergaminho. Era um tratado de aritmética. Deixo que vocês imaginem o peso dele!

Um dos meninos pegou o volume e, apontando na cabeça do Pinóquio, jogou-o com toda a força que possuía no braço, mas, em vez de acertar no boneco, acertou um de seus companheiros, que ficou branco como uma folha de papel e só conseguiu dizer estas palavras:

— Mamãe, mamãe, me ajude... vou morrer!

E caiu com tudo sobre a areia da praia. Ao ver seu amigo como morto, os meninos, assustados, começaram a fugir, e, em poucos minutos, não ficou nenhum.

Porém, Pinóquio permaneceu ali, ainda que estivesse mais morto do que vivo pelo susto e pela dor. Correu para molhar seu lenço na água do mar e umedeceu a fronte do seu pobre colega de escola. Enquanto isso chorava com lágrimas verdadeiras e, desesperado, chamava-o pelo nome dizendo:

— Eugênio! Pobre Eugênio! Abra os olhos e me olhe... Por que você não responde? Não foi minha culpa, sabe? Quem o machucou tanto... acredite, não fui eu... Abra os olhos, Eugênio! Se você continuar de olhos fechados, eu vou morrer junto com você... Meu Deus! Como vou voltar pra casa? Com que cara vou olhar a minha mãe? O que será de mim? Pra onde vou fugir? Onde vou me esconder? Oh, teria sido melhor, mil vezes melhor, que tivesse ido à escola! Por que eu ouvi os meus colegas que são a minha ruína? O professor me avisou... e a minha mãe repetiu: “Cuidado com as más companhias”. Mas eu sou um teimoso... um cabeça-dura... Deixo todos me avisarem e depois faço o que me dá vontade! Depois tenho que pagar por isso... e, por esse motivo, desde que cheguei ao mundo não tenho um quarto de hora tranquilo. Meu Deus! O que será de mim...

Pinóquio continuava chorando, batendo na sua própria cabeça e chamando o pobre Eugênio pelo nome quando, de repente, ouviu um ruído de passos que se aproximavam. Voltou-se para eles, eram dois guardas.

— O que você faz aqui, jogado no chão? — perguntaram pro Pinóquio.

— Estou ajudando este colega da escola.

— Ele está mal?

— Eu acho que sim...

— Parece que está muito mal — disse um dos guardas, inclinando-se e observando Eugênio de perto. — Este rapaz foi ferido na cabeça. Quem o feriu?

— Não fui eu — balbuciou o boneco, sem fôlego para dizer mais.

— Se não foi você, quem foi que o feriu?

— Não fui eu — repetiu Pinóquio.

— E com que ele foi ferido?

— Com este livro.

O boneco recolheu do chão o Tratado de Aritmética, de capa grossa e com pergaminho, para mostrá-lo aos guardas.

— Este livro é de quem?

— Meu.

— É o suficiente. Não preciso saber mais. Levante-se e venha conosco.

— Mas eu...

— Venha conosco!

— Mas eu sou inocente...

— Venha conosco!

Antes de partirem, os guardas chamaram alguns pescadores que passavam por ali naquele momento com seus barquinhos próximos da praia e disseram:

— Deixamos que vocês cuidem deste menino que está ferido na cabeça. Levem-no pra sua casa e cuidem dele. Amanhã retornaremos pra vê-lo.

Depois voltaram-se para Pinóquio e, colocando-o no meio deles, deram uma ordem ao estilo militar:

— Adiante, e caminhe rápido! Senão será pior pra você!

Sem fazer com que eles repetissem, o boneco começou a andar pela estrada que levava até o vilarejo. Mas o pobre diabo não sabia onde estava. Parecia que tudo era um grande pesadelo. Estava fora de si. Seus olhos viam tudo em dobro, as pernas tremiam, a língua estava grudada no palato e não conseguia articular uma palavra. No entanto, em meio àquele estupor e constrangimento, uma agulha afiada perfurou seu coração: era o pensamento de que passaria pela janela da casa da Fada, entre os dois guardas. Teria preferido a morte.

Eles haviam chegado e estavam por entrar no vilarejo, quando uma rajada de vento arrancou o gorro da cabeça de Pinóquio, levando-o a uma dúzia de passos de distância.

— Permitam-me — disse o boneco aos guardas — que vá recolher o gorro?

— Recolha-o, mas volte aqui depois.

O boneco foi, recolheu o gorro... e em vez de pô-lo na cabeça, enfiou-o na boca, preso pelos dentes, e começou a correr com toda a velocidade para a praia. Corria rápido como uma bala.

Os guardas, pensando que seria difícil alcançá-lo, soltaram um cachorro atrás dele, um cão que havia ganhado todas as corridas de cachorros.

Pinóquio corria e o cachorro corria mais do que ele, por isso as pessoas se aproximavam das janelas e se aglomeravam no meio da rua, ansiosas para ver o resultado daquela corrida feroz. Mas não puderam se dar ao prazer de saber o resultado, porque o cachorro e Pinóquio levantavam na estrada uma nuvem de pó que, depois de poucos minutos, nada podia ser visto.

XXVIII

Pinóquio corre o risco de ser frito numa frigideira como um peixe.

Durante aquela corrida desesperada, houve um momento terrível, um momento em que Pinóquio achou que estivesse perdido, pois devemos saber que Alidouro (este era o nome do cachorro), de tanto correr e correr, quase o alcançara.

O boneco sentia-o às suas costas, a um palmo de distância, a respiração ofegante da fera e o hálito quente do seu bufo.

Por sorte a praia já estava próxima, e o mar via-se a poucos passos.

Logo pisando na praia, o boneco deu um grande salto, que daria inveja a uma rã, e caiu na água. Alidouro, no entanto, tentou deter-se, mas carregado pelo ímpeto da corrida, também pulou na água. E o coitado não sabia nadar, por isso começou a chutar, remexer-se para poder sair, mas quanto mais se remexia, mais sua cabeça afundava na água.

Quando conseguiu botar a cabeça para fora, o pobre bicho estava com os olhos arregalados e aterrorizados. Latindo, ele gritava:

— Estou me afogando! Estou me afogando!

— Afogue-se! — respondeu Pinóquio desde longe, já que se achava fora de perigo.

— Ajude-me, pequeno Pinóquio! Salve-me da morte!

Perante aqueles gritos que cortavam o coração, o boneco, que no fundo tinha um coração de ouro, sentiu pena e, voltando-se, perguntou:

— Prometa que, se eu ajudá-lo a ser salvo, não me incomodará mais e nem voltará a me perseguir, combinado?

— Eu prometo! Eu prometo! Venha logo, por favor, que se você demorar meio minuto a mais, eu não terei como ser salvo.

Pinóquio ainda titubeou, mas depois de lembrar que seu pai tinha lhe dito algumas vezes que ele não deveria se arrepender de fazer uma boa ação, nadou até Alidouro e, puxando-o pelo rabo com as duas mãos, levou-o são e salvo para a areia da praia.

O pobre animal não conseguia ficar de pé. Tinha bebido, contra a sua vontade, tanta água salgada, que estava cheio como um balão. No entanto, o boneco, que não tinha muita confiança, achou que fosse prudente jogar-se novamente ao mar e, enquanto se distanciava da praia, gritou ao amigo que foi salvo:

— Adeus, Alidouro! Boa viagem e lembranças à família!

— Adeus, pequeno Pinóquio! — respondeu o cachorro. — Muito obrigado por me salvar da morte. Você me ajudou muito, e neste mundo nada se faz em vão. Quando chegar o momento, você vai ver.

Pinóquio continuou nadando, sem distanciar-se da costa. Finalmente achou que havia chegado a um lugar seguro e, olhando para a praia, viu nas rochas uma espécie de gruta, de onde saía uma longa nuvem de fumaça.

— Nesta gruta — disse a si mesmo — deve ter fogo. Que bom! Vou me secar e esquentar, depois... depois vamos ver o que acontece.

Tomada essa decisão, aproximou-se do quebra-mar, mas quando estava a ponto de se pendurar, sentiu que alguma coisa subia debaixo da água, subia e o levantava pelos ares. Tentou fugir, mas já era tarde, porque, com grande assombro, viu-se preso numa grossa rede, entre vários peixes de todas as classes e tamanhos, que se remexiam e sacudiam como almas sendo carregadas pelo diabo.

Ao mesmo tempo viu que saía da gruta um pescador feio, tão feio que parecia um monstro marinho. Sobre a sua cabeça, no lugar do cabelo, crescia uma espessa grama verde, verde como a pele do seu corpo, verde como os olhos, verde como sua longa barba que quase chegava aos pés. Parecia um lagarto erguido sobre as patas traseiras.

Quando o pescador terminou de puxar a rede do mar, gritou, muito contente:

— Abençoado seja! Hoje também poderei comer uma boa refeição de peixes!

“Ainda bem que não sou um peixe”, disse Pinóquio para si, recuperando um pouco a consciência.

A rede cheia de peixes foi levada para o interior da gruta, uma gruta escura e enfumaçada, na qual uma frigideira borbulhava com óleo que exalava um cheiro de queimado que cortava a respiração.

— Vamos ver, agora, que peixes nós pegamos — disse o pescador verde, e, colocando na rede a mãozona desproporcional, que parecia uma pá de forno, puxou um punhado de salmonetes.

— Salmonetes, muito bons! — exclamou, olhando-os e cheirando-os com deleite. E, depois de tê-los cheirado, colocou-os numa cavidade da gruta.

Depois repetiu a operação várias vezes e, à medida que retirava o restante dos peixes, sua boca salivava e ele dizia, empolgado:

— Belas merluzas!

— Deliciosos congros!

— Maravilhosos linguados!

— Esplêndidos peixes-rei!

—Saborosas anchovas, com cabeça e tudo!

Como podem imaginar, as merluzas, os congros, os linguados, os peixes-rei e as anchovas foram fazer companhia aos salmonetes no buraco.

O último a permanecer na rede foi Pinóquio.

Depois de tê-lo retirado, o pescador arregalou os olhos, ao mesmo tempo em que gritava, quase com temor:

— Que tipo de peixe é este? Não lembro de ter comido um assim.

Voltou a observá-lo atentamente; depois de tê-lo olhado e olhado novamente, disse finalmente:

— Já entendi! Deve ser um caranguejo do mar.

Foi então que Pinóquio, aterrorizado por ser confundido com um caranguejo, exclamou, com ressentimento:

— Como assim caranguejo?! Veja como me trata! Eu, para seu conhecimento, sou um boneco.

— Um boneco? — replicou o pescador. — Devo admitir que peixe-boneco é novo pra mim. Melhor assim. Vou comê-lo com mais vontade.

— Me comer? Você não entende que não sou um peixe? Não se dá conta de que falo e raciocino assim como você?

— É verdade — acrescentou o pescador. — Como notei que você é um peixe que tem a sorte de falar e raciocinar como eu, estou disposto a tratá-lo com a devida consideração.

— E qual é essa consideração?

— Num sinal de amizade e estima, deixo que você escolha como quer ser cozido. Deseja ser frito numa frigideira ou cozido numa panela com molho de tomate?

— Pra dizer a verdade — respondeu Pinóquio —, se posso escolher, prefiro ser deixado em liberdade pra poder voltar à minha casa.

— Você está brincando! Acha que eu vou desperdiçar a ocasião de experimentar um peixe tão raro? Não é todo dia que se pesca nestes mares um peixe-boneco. Deixe por minha conta, vou fritá-lo junto com os outros peixes e assim você se sentirá à vontade. Ser frito em companhia é sempre um consolo.

Ante essa perspectiva, o infeliz Pinóquio começou a chorar, gritar e pedir clemência, ao mesmo tempo em que dizia:

— Como seria melhor que tivesse ido para a escola! Segui o conselho de meus colegas e agora estou pagando por isso... Ai, ai, ai!

E, por se contorcer da mesma forma que uma enguia e fazer esforços desesperados para escapar das mãos do pescador verde, este pegou uma vara e, depois de amarrá-lo pelos pés e pelas mãos, como se fosse uma salsicha, jogou-o na cavidade junto com os outros peixes.

Depois, secando um pote de madeira cheio de farinha, passou a temperar todos os peixes e, à medida que os enfarinhava, jogava-os na frigideira.

As primeiras que caíram no óleo fervente foram as merluzas. Depois chegou a vez dos peixes-rei, logo depois os congros, os linguados e as anchovas, e, finalmente, chegou a vez de Pinóquio. Este, ao se ver tão próximo da morte (e que tipo de morte!), foi tomado por uma tremedeira e um medo tão intenso que não conseguiu soltar um fio de voz para pedir misericórdia.

O coitado limitou-se a pedir com os olhos. Mas o pescador verde, sem nem sequer olhá-lo, virou-o cinco ou sei vezes na farinha, temperando-o dos pés até a cabeça e convertendo-o numa espécie de boneco de gesso.

Logo em seguida, segurou-o pela cabeça e...

XXIX

Pinóquio volta para a casa da Fada, que lhe promete que ele não será um boneco no dia seguinte, pois será transformado em um menino. Um café da manhã com café com leite para comemorar esse acontecimento.

Quando o pescador estava para jogá-lo na frigideira, entrou na gruta um cachorro enorme, atraído pelo cheiro tentador e penetrante da fritura.

— Fora! — gritou o pescador, ameaçando-o e sem soltar o boneco enfarinhado.

Mas o coitado do cachorro tinha a fome de mil diabos e, gemendo e balançando o rabo, parecia dizer: "Dê-me um bocado dessa fritura e o deixo em paz".

— Fora, estou dizendo! — repetiu o pescador e esticou a perna para lhe dar um chute.

Então o cachorro, que quando estava faminto não brincava, revirou-se grunhindo contra o pescador e mostrou seus terríveis caninos.

Nesse momento ouviu-se na gruta uma voz muito fraca, que dizia:

— Salve-me, Alidouro! Se você não me salvar, eu estou frito...

O cachorro reconheceu imediatamente a voz de Pinóquio e notou, com grande espanto, que a pequena voz saía da figura enfarinhada que o pescador tinha na mão. O que ele fez então? Deu um grande salto, pegou com os dentes a figura enfarinhada e saiu correndo da gruta como uma bala.

O pescador, muito furioso pelo cachorro ter lhe arrancado o peixe que ele tinha tanta vontade de comer, tratou de persegui-lo; mas, depois de poucos passos dados, sofreu uma crise de tosse e teve que voltar.

Entretanto, Alidouro, alcançando o caminho que dava ao vilarejo, deteve-se e colocou no chão, de forma delicada, o seu amigo Pinóquio.

— Tenho que agradecê-lo tanto! — disse o boneco.

— Não há de quê — replicou o cachorro. — Você me salvou, e aquilo que é feito, retribui-se. Já é sabido que neste mundo devemos ajudar uns aos outros.

— Como você foi parar naquela gruta?

— Eu continuava deitado na praia, mais morto do que vivo, quando o vento trouxe de longe o cheiro de fritura. O cheirinho despertou meu apetite e eu o segui... Ah, se eu chegasse um minuto mais tarde!

— Nem me diga! — gritou Pinóquio, que ainda tremia de medo. — Nem me diga! Se você chegasse um minuto mais tarde, a esta hora eu estaria frito, comido e digerido. Brrrrrr! Tremo só de pensar!

Alidouro, rindo, esticou a pata direita na direção do boneco, que a apertou com força em sinal de amizade, depois se separaram. Pinóquio caminhou até uma cabana não muito distante dali e perguntou a um velhinho que estava na porta, esquentando-se ao sol.

— Diga, bom senhor, sabe alguma coisa de um menino ferido na cabeça, chamado Eugênio?

— O menino foi trazido por uns pescadores pra esta cabana e agora...

— Agora está morto! — interrompeu Pinóquio, com grande dor.

— Não, agora está vivo e já retornou pra sua casa — replicou o velhinho.

— Verdade? Verdade? — riu o boneco, pulando de alegria. — Então o ferimento não era grave?

— Poderia ter sido gravíssimo, inclusive mortal — respondeu o velhinho. — Jogaram-lhe na cabeça um enorme livro de capa dura.

— E quem foi que jogou?

— Um colega da escola. Um tal de Pinóquio...

— Quem é esse Pinóquio? — perguntou o boneco, fazendo-se de desentendido.

— Dizem que ele é um travesso, um vagabundo, uma pessoa desagradável...

— Calúnias! Tudo é calúnia!

— Você conhece esse Pinóquio?

— De vista! — respondeu o boneco.

— E o que você acha dele?

— Eu acho que ele parece um bom menino, cheio de vontade de estudar, obediente, carinhoso, principalmente com seu pai e sua família...

Enquanto o boneco ia soltando tranquilamente todas essas mentiras, tocou seu nariz e notou que ele havia aumentado mais de um palmo. Então, muito assustado, começou a gritar:

— Não faça caso das coisas que eu disse, bom homem. Conheço perfeitamente o Pinóquio e posso assegurar também que é um menino desobediente e preguiçoso e que, no lugar de ir à escola, vai com seus colegas fazer travessuras.

Terminando de pronunciar essas palavras, seu nariz encolheu e retornou ao tamanho original, como antigamente.

— Por que você está tão manchado de branco? — perguntou de repente o velhinho.

— Vou dizer. Sem eu notar, encostei numa parede que tinha acabado de ser pintada — respondeu o boneco, envergonhado por ter que confessar que fora empanado como um peixe para ser frito numa frigideira.

— E o que você fez com sua jaqueta, suas calças e seu gorro?

— Encontrei ladrões que me roubaram. Diga-me, bom velhinho, não teria qualquer coisa que eu pudesse pôr pra voltar pra casa?

— Meu filho, em matéria de roupas, não tenho mais do que um saco onde guardo amendoins e castanhas. Se você quiser, pegue-o. Está ali.

Pinóquio não precisou que ele repetisse. Pegou o saco que o velhinho indicou, aquele que estava vazio, e, depois de fazer com uma tesoura um buraco no fundo e dois buracos nos lados, colocou-o como se fosse uma camisa. E assim, toscamente vestido, foi em direção ao vilarejo.

Porém, ao andar pelo caminho, não se sentia tranquilo, de tal forma que dava um passo pra frente e outro pra atrás e ia dizendo pra si mesmo:

— Como vou explicar pra Fada que estou assim? O que vou dizer quando ela me vir? Ela vai perdoar essa segunda presepada? Aposto que ela não perdoará. Oh, não, tenho certeza de que ela não me perdoará... E é minha culpa, porque sou um malandro que sempre promete melhorar e nunca cumpre com a palavra.

Chegou ao vilarejo durante a noite e, como o tempo estava ruim e chovia muito, foi diretamente à casa da Fada, chamando para que abrissem a porta.

Porém, quando estava ali, faltou-lhe coragem, e, em vez de chamar novamente, distanciou-se uns vinte passos. Aproximou-se pela segunda vez da porta, e ninguém abriu. Aproximou-se pela terceira vez, e nada. Na quarta vez, pegou, tremendo, a tranca de ferro e arriscou-se a dar um pequeno golpe na porta.

Esperou, e, finalmente, depois de meia hora, abriu-se uma janela do último andar (a casa tinha quatro andares) e Pinóquio viu um grande Caracol, com uma lâmpada acesa na cabeça, que disse:

— Quem chama a esta hora?

— A Fada está em casa? — perguntou o boneco.

— A Fada está dormindo e não quer ser acordada. Mas quem é você?

— Sou eu!

— Quem é "eu"?

— Pinóquio.

— Qual Pinóquio?

— O boneco, aquele que mora com a Fada.

— Ah! Entendi — disse o Caracol. — Espere aí, que já estou descendo e abro.

— Rápido, por favor, estou morrendo de frio.

— Meu filho, sou um Caracol, e os caracóis nunca são rápidos.

Passou uma hora, passaram duas e a porta não se abria. Tendo isso em vista, Pinóquio, que tremia de frio e de medo e estava molhado, tomou coragem e chamou pela segunda vez, chamou com mais força ainda.

Ante aquela segunda chamada, abriu-se uma janela do andar de baixo e reapareceu o Caracol.

— Caracolzinho lindo — gritou Pinóquio da rua —, faz duas horas que estou esperando! E duas horas, nesta noite, parecem durar mais do que dois anos. Mais rápido, por favor!

— Meu filho — respondeu o animalzinho vagaroso e pacífico da janela —, meu filho, sou um Caracol, e os caracóis nunca são rápidos.

E a janela voltou a ser fechada.

Logo deu meia-noite, depois uma da manhã, duas, e a porta continuava fechada.

Então Pinóquio, perdendo a paciência, agarrou com força a aldrava na porta para dar um golpe tão forte que trovejaria em toda a casa. Mas a aldrava, que era de ferro, transformou-se, subitamente, em uma enguia viva, que escorregou de suas mãos e desapareceu pela rua.

— Ah, é?! — gritou Pinóquio, cada vez mais cego pela raiva. — Se a aldrava desapareceu, continuarei chamando na porta com chutes.

E, dando uns passos para trás, deu um chute solene na porta da casa. O golpe foi tão forte que o pé entrou até a metade na madeira, e, quando o boneco tentou tirá-lo, foi trabalho à toa, porque o pé afundara na porta e ficara preso como se tivesse sido pregado nela.

Imaginem o pobre Pinóquio! Teve que passar o resto da noite com um pé no chão e outro na porta.

Pela manhã, ao nascer do dia, finalmente a porta foi aberta. O bom Caracol tinha demorado apenas nove horas para descer do quarto andar até a rua. Estava esgotado diante de tamanha façanha!

— O que você está fazendo com o pé enfiado na porta? — perguntou ao boneco, rindo.

— Foi uma infelicidade. Consegue me soltar deste suplício, Caracolzinho lindo?

— Meu filho, para isso eu teria que ser um lenhador e eu nunca fui isso.

— Peça pra Fada da minha parte...

— A Fada está dormindo e não quer ser acordada.

— E o que você quer que eu faça com o pé enfiado na porta?

— Divirta-se contando as formigas que passam pela rua.

—Traga, pelo menos, algo pra comer, estou faminto.

— Agora mesmo! — respondeu o Caracol.

Realmente, três horas e meia depois, Pinóquio viu-o retornar com uma bandeja de prata na cabeça. Na bandeja havia um pão, um frango assado e quatro damascos maduros.

— Aqui está o café da manhã que a Fada enviou — disse o Caracol.

Perante tamanha abundância, o boneco ficou satisfeito completamente. Imaginem a sua decepção quando começou a comer e notou que o pão era de gesso, o frango de papelão e os damascos de cera!

Queria chorar, queria entregar-se ao desespero, queria jogar fora a bandeja com tudo o que ela possuía. Mas em vez disso, pela dor e pelo vazio no estômago, caiu sem sentidos.

— Perdoo desta vez — disse a Fada —, mas se você fizer outra dessas...

Pinóquio prometeu e jurou que estudaria e que sempre se comportaria bem. Manteve sua palavra durante o resto do ano. E, realmente, nos exames da escola, durante o verão, ele conseguiu a honra de ser o melhor aluno. Seu comportamento, em geral, foi considerado como bom e satisfatório, tanto que a Fada, muito feliz, disse-lhe:

— Amanhã você deixará de ser um boneco de madeira e será transformado num menino.

Quem não viu a alegria de Pinóquio ante essa notícia tão desejada, não poderia imaginá-la nunca. Todos os seus amigos e colegas da escola foram convidados para, no dia seguinte, um grande café da manhã na casa da Fada e assim comemorar juntos esse grande acontecimento. A Fada mandou preparar duzentas xícaras de café com leite e quatrocentos pães com manteiga. Aquele dia prometia ser muito bom e alegre, mas...

Infelizmente, na vida dos bonecos sempre há um “mas” que bota as coisas a perder.

XXX

Pinóquio, em vez de se tornar uma criança, foge com o seu amigo Mecha para a Terra dos Brinquedos.

Como era de se imaginar, Pinóquio pediu, de imediato, permissão à Fada para correr à cidade e entregar os convites. A Fada lhe disse:

— Muito bem, pode ir convidar seus colegas pro café da manhã de amanhã, mas lembre-se de voltar pra casa antes que seja noite. Entendeu?

— Prometo que retornarei dentro de uma hora —respondeu o boneco.

— Cuidado, Pinóquio! As crianças prometem muita coisa que depois, na maioria dos casos, não cumprem.

— Mas eu não sou como os outros. Eu, quando digo uma coisa, cumpro.

— Veremos. Se você desobedecer, será pior pra você.

— Por quê?

— Porque as crianças que não seguem os conselhos de quem é mais sábio se veem em maus lençóis.

— Eu já passei por isso! — disse Pinóquio. — Mas agora não vou morder a isca!

— Veremos se é verdade.

Sem acrescentar outras palavras, o boneco despediu-se da sua boa Fada, que para ele era como mãe, e saiu de casa cantando e dançando.

Em pouco mais de meia hora todos os seus amigos foram convidados. Alguns aceitaram de boa vontade. Outros fizeram com que insistisse um pouco; mas, quando souberam que os pães tinham manteiga por dentro e por fora para serem molhados no café com leite, todos aceitaram, dizendo:

— Eu também irei, para agradar a você.

E agora devemos saber que Pinóquio tinha, entre todos os seus amigos e colegas da escola, um favorito e muito querido, que se chamava Romeu, mas que era chamado de Mecha devido ao seu aspecto enxuto e magro igual à mecha de uma lâmpada nova de querosene.

Mecha era o menino mais preguiçoso e travesso de toda a escola, mas Pinóquio gostava muito dele. Foi buscá-lo em sua casa para convidá-lo para o café da manhã, mas não o encontrou. Voltou para lá pela segunda vez e novamente ele não estava. Voltou pela terceira vez e fez a viagem em vão.

Onde poderia encontrá-lo? Procura ali, procura aqui, achou-o, finalmente, escondido debaixo do alpendre de uma casa de camponês.

— O que você está fazendo aí? — perguntou Pinóquio, aproximando-se.

— Esperando que dê meia-noite pra partir.

— Aonde você vai?

— Longe, longe, longe!

— E eu fui três vezes procurar você em casa!

— O que você queria?

— Você não sabe do grande acontecimento? Não sabe a sorte que tive?

— Qual?

— Amanhã deixo de ser um boneco e me transformo numa criança, assim como você e todos os outros.

— Aproveite bastante.

— Então, amanhã, espero você pra tomar café da manhã na minha casa.

— Já disse que vou embora esta noite...

— Que horas?

— Daqui a pouco.

— E pra onde você vai?

— Vou viver num lugar... que é o melhor país deste mundo. Um verdadeiro paraíso!

— Como se chama?

— Chama-se Terra dos Brinquedos. Por que você não vem comigo também?

— Eu? Não, não posso!

— Você está enganado, Pinóquio! Acredite em mim, você se arrependerá de não vir. Onde haverá um lugar mais saudável pra nós, as crianças? Ali não há escolas, professores nem livros. Nesse país abençoado nunca se estuda. Às quintas-feiras não se vai à escola, e a semana é formada por seis quintas-feiras e um domingo. Imagine que as férias de verão começam dia primeiro de janeiro e acabam em dezembro. Finalmente encontrei um país que me agrada realmente! Todas as nações civilizadas deveriam ser assim!

— E o que se faz durante o dia na Terra dos Brinquedos?

— Passa-se o dia brincando e divertindo-se de manhã até a noite. À noite a gente vai se deitar e, na manhã seguinte, começa tudo de novo. O que você acha?

— Hum! — Pinóquio sacudiu levemente a cabeça, como se dissesse: "Eu gostaria de levar essa vida".

— Então, você que vir comigo? Sim ou não? Decida.

— Não, não, mil vezes, não. Prometi pra minha boa Fada que eu seria um bom menino, e quero manter a minha promessa. Vejo que o sol está se pondo, vou deixar você e ir embora. Então, adeus e boa viagem.

— Pra onde você vai com tanta pressa?

— Pra casa. A minha Fada quer que eu retorne antes que anoiteça.

— Espere mais alguns minutos.

— Vai ficar tarde.

— Só mais dois minutos.

— E se a Fada gritar comigo?

— Deixe-a gritar. Quando tiver gritado o suficiente, ficará calada — disse o patife do Mecha.

— E como você vai fazer? Vai sozinho ou acompanhado?

— Sozinho? Vamos em mais de cem crianças!

— E vão fazer a viagem a pé?

— Daqui a pouco vai passar a carruagem que vem nos buscar pra nos levar a esse belo país.

— Daria tudo pra que a carruagem passasse agora...

— Por quê?

— Pra ver todos vocês partindo juntos.

— Espere mais um pouco e você verá.

— Não, não, quero voltar pra casa.

— Espere mais dois minutos.

— Já me atrasei muito! A Fada deve estar preocupada comigo.

— Coitada da Fada! Ela tem medo de que os morcegos o ataquem?

— Mas me diga, você tem certeza de que neste país não há escolas? — perguntou o boneco.

— Nem rastro delas.

— E não há professores?

— Nenhum.

— Não há nenhuma obrigação de estudar?

— Não, não, não.

— Que belo país! — disse Pinóquio sentindo sua boca salivar. — Que belo país! Nunca fui pra lá, mas imagino...

— Por que você não vem comigo?

— É inútil que você me tente! Já prometi pra Fada que seria um menino com juízo e não vou deixar de cumprir minha palavra.

— Adeus, então, e mande lembranças à escola! E aos colegas também, se você os vir no seu caminho.

— Adeus, Mecha, tenha uma boa viagem, divirta-se e lembre-se dos amigos de vez em quando.

Depois de ter dito isso, o boneco deu dois passos para ir embora, mas depois parou, voltou na direção do amigo e perguntou:

— Você tem certeza de que nesse país as semanas são formadas de seis quintas-feiras e um domingo?

— Tenho certeza.

— Você tem certeza de que as férias começam no dia primeiro de janeiro e acabam no último dia de dezembro?

— Não tenho dúvidas.

— Que belo país! — repetiu Pinóquio para se consolar.

Logo depois, com determinação, acrescentou apressado:

— Certo, agora sim, adeus e boa viagem.

— Adeus.

— Quando vocês partem?

— Daqui a um tempo.

— É uma pena! Se faltasse uma hora pra partirem, seria capaz de esperar.

— E a Fada?

— De qualquer forma, já estou atrasado! Dá na mesma voltar pra casa uma hora antes ou uma hora depois...

— Pobre Pinóquio! E se a Fada gritar com você?

— Paciência! Deixarei que ela grite. Que ela grite à vontade, depois ela ficará quieta.

Enquanto isso, já chegara a noite. De repente, ao longe, viram uma pequena luz se movendo... e ouviram o som de sinos e um som semelhante a um trompete, tão baixo e sufocado que parecia o zunir de um mosquito.

— Está ali! — gritou Mecha, ficando de pé.

— Quem? — perguntou Pinóquio em voz baixa.

— A carruagem que vem me recolher. Então, você quer vir? Sim ou não?

— Mas é certeza de que nesse país os meninos nunca têm que estudar? — perguntou o boneco.

— Nunca, nunca, nunca.

— Que belo país! Que belo país! Que belo país!

XXXI

Depois de cinco meses de vida boa, Pinóquio, com um grande susto, sente que nasce nele um belo par de orelhas de burro e ele se transforma em um, com rabo e tudo.

Finalmente chegou a carruagem. Chegou sem fazer o menor ruído, pois suas rodas estavam cobertas de estopa e panos.

Puxavam a carruagem doze pares de burros, todos do mesmo tamanho, ainda que tivessem diferentes pelagens.

Alguns eram cinza, outros brancos, outros cinza-azulado e outros malhados, com listras amarelas e azuis.

Mas a coisa mais singular era esta: aqueles doze pares, isto é, os vinte e quatros burros, em vez de terem ferraduras como todos os animais de carga, usavam nos pés sapatos de pessoas, de couro branco.

E o condutor da carruagem?

Imaginem um homenzinho mais largo do que cumprido, macio e oleoso como uma bola de manteiga, com um rosto de maçã, uma boca sempre sorridente e uma voz sutil e carinhosa como a de um gato que quer conquistar o dono da casa.

Todas as crianças, quando o viam, ficavam encantadas e competiam entre si para subirem na carruagem e serem levadas por eles para aquele paraíso conhecido pelo nome sedutor de Terra dos Brinquedos.

Efetivamente, o carro estava cheio de crianças entre oito e doze anos de idade, empilhadas, umas em cima das outras como sardinhas em conserva. Elas estavam desconfortáveis, apertadas, mal conseguiam respirar, mas ninguém dizia um "ai", ninguém se lamentava. O consolo vinha de saber que em poucas horas elas chegariam a um país onde não havia livros, escolas ou professores; elas estavam tão felizes e satisfeitas que não sentiam o desconforto, os beliscões, a fome, a sede ou o sono.

Enquanto a carruagem se deteve, o homenzinho virou-se para Mecha e com mil gestos e trejeitos e perguntou-lhe sorrindo:

— Diga-me, querida criança, você também quer ir ao maravilhoso país?

— Claro que quero ir.

— Aviso, querido, que na carruagem não há lugar, como você pode ver, está cheia!

— Paciência! — disse Mecha. — Se não há um lugar dentro, vou me resignar a sentar no varal da carruagem.

E, dando um pulo, trepou no varal da carruagem.

— E você, gracinha... — disse o homenzinho, virando-se rapidamente para Pinóquio. — O que você está pensando em fazer? Vem conosco ou fica?

— Eu fico — respondeu Pinóquio. — Quero voltar pra casa, quero estudar e ser um bom aluno, como fazem os meninos bons.

— Bom proveito!

— Pinóquio! — disse Mecha. — Siga o meu conselho, venha conosco e vamos nos divertir.

— Não, não e não!

— Venha conosco e vamos nos divertir! — gritaram outras quatro vozes de dentro da carruagem.

— Venha conosco e vamos nos divertir! — gritaram, num coral, uma centena de vozes de dentro da carruagem.

— Se eu fosse com vocês, o que eu diria pra Fada? — disse o boneco, que começava a amolecer e mudar de opinião.

— Não esquente a cabeça com esses problemas. Pense que vamos a um país onde seremos capazes de fazer qualquer tipo de alvoroço, de manhã até a noite.

Pinóquio não respondeu, mas lançou um suspiro, logo depois mais um suspiro, depois um terceiro suspiro, finalmente disse:

— Arrumem um lugar pra mim, eu vou também!

— Todos os lugares estão ocupados — respondeu o homenzinho —, mas pra demonstrar que queremos você conosco, posso ceder meu lugar na cocheira.

— E o senhor?

— Farei o caminho a pé.

— Não, de verdade, não posso permitir. Prefiro subir na garupa de um desses burros! — gritou Pinóquio.

Dito e feito. Aproximou-se do burro que estava à direita, no primeiro par, e fez sinal de montá-lo, mas o animal voltou-se para ele, bateu em seu estômago com o focinho, jogou-o e deixou-o com os pés para cima.

Imaginem as gargalhadas impertinentes e estrepitosas de todas as crianças que presenciaram a cena. Porém, o homem não riu. Aproximou-se carinhosamente do burro rebelde e, fingindo lhe dar um beijo, arrancou numa mordida metade da orelha direita do burro.

Enquanto isso Pinóquio, levantando-se furioso do chão, deu um salto e caiu no lombo do pobre animal. O salto foi tão bonito que as crianças, deixando de rir, começaram a gritar: "Viva Pinóquio!", ao mesmo tempo em que davam uma salva de palmas.

Nesse momento, o burro levantou subitamente as duas patas traseiras e com um coice jogou o pobre boneco no meio da estrada, num monte de cascalho.

Novamente estalaram em gargalhadas, mas o homenzinho, em vez de rir, sentiu tanto amor por aquele burro inquieto que, dando-lhe outro beijo, arrancou de forma limpa a metade da outra orelha. Depois disse ao boneco:

— Pode subir e não tenha medo. Este burro estava com um grilo em sua cabeça, mas disse-lhe umas palavras em seu ouvido e espero que fique manso e tenha juízo.

Pinóquio montou e a carruagem começou a se mover, mas enquanto os burros galopavam e a carroça corria pelos pedregulhos da estrada real, o boneco achou ter ouvido uma voz fraca e pouco inteligível, que lhe disse:

— Pobre tolo! Você quis fazer as coisas do seu jeito, mas vai se arrepender.

Pinóquio, quase assustado, olhou para a direita e para a esquerda para descobrir de onde vinham aquelas palavras, mas não viu ninguém. Os jumentos galopavam, a carruagem andava, as crianças dormiam, Mecha roncava como um porco e o homenzinho, sentado na cocheira, cantarolava entre os dentes:

Todos dormem de noite
Eu nunca durmo, jamais...

Depois de meio quilômetro, Pinóquio ouviu a conhecida voz fraca que lhe disse:

— Bote isso na sua cabeça, tonto! As crianças que deixam de estudar e viram-se contra os livros, as escolas e os professores pra dedicar todo seu tempo às brincadeiras e às diversões, só podem terminar mal! Sei por experiência própria... e posso afirmar isso! O dia em que você vai chorar está por vir, assim como choro eu hoje... mas aí será tarde!

Ante essas palavras, sussurradas de forma obscura, o boneco, mais assustado do que nunca, saltou da montaria e pegou seu burro pelo focinho.

Imaginem como ficou quando notou que seu burro chorava... e chorava igual a uma criança!

— Ei, senhorzinho! — gritou Pinóquio ao dono da carruagem. — Sabe o que está acontecendo? Este burro está chorando.

— Deixe-o chorar, vai ter tempo pra rir.

— Por acaso você o ensinou a falar?

— Não, aprendeu sozinho a balbuciar algumas palavras, porque durante três anos viveu em companhia de cães adestrados.

— Pobre animal!

— Vamos, vamos — disse o homenzinho —, não vamos perder tempo vendo um burro chorando. Suba e vamos continuar, a noite é fresca e o caminho é longo.

Pinóquio obedeceu sem pestanejar. A carruagem continuou sua viagem, e pela manhã, ao nascer do sol, chegaram á Terra dos Brinquedos.

O país não era parecido com nenhum lugar do mundo. Sua população era formada, exclusivamente, de crianças. Os mais velhos tinham catorze anos, os mais jovens apenas oito. Nas ruas havia alegria, barulhos e gritos enlouquecedores. Bandos de crianças por todos os lugares. Alguns jogando dados, outros, bolinha de gude, brincavam com bola, andavam em patinetes ou em cavalinhos de madeira. Alguns brincavam de "gato mia", outros de esconde-esconde, uns vestidos de palhaço, alguns comiam *marshmellow*, outros cantavam, davam saltos mortais, plantavam bananeira, brincavam de bambolê, passeavam vestidos como generais com chapéus de papel e uma espada de cartão. Riam, gritavam, berravam, aplaudiam, assobiavam, imitavam o cacarejar de uma galinha quando põe um ovo... Em suma, um verdadeiro pandemônio, um tumulto, um alvoroço infernal, daqueles em que é necessário se colocar protetor de ouvidos para não ficar surdo. Em todas as praças eram visíveis teatros de lona, lotados de crianças de manhã até a noite, e em todas as paredes das casas eram lidas frases em carvão de coisas muito pitorescas como: Vivam os brinqedos! (em vez de brinquedos), Não queremos mais hescolas (em vez de escolas), Abaixo Arte Mética (em vez de Aritmética), e outras "maravilhas" como essas.

Pinóquio, Mecha e todas as outras crianças que fizeram a viagem com o homenzinho, ao colocarem os pés na cidade, entraram naquela balbúrdia e, em poucos minutos, como podem imaginar, fizeram amizade com todos. Imaginam uma alegria maior?

Em meio a tanta diversão e tão variada, as horas, os dias, as semanas passavam como um raio.

— Ah! Que bela vida! — dizia Pinóquio cada vez que se encontrava com Mecha.

— Eu não estava certo? — perguntava o menino. — Pensar que você não queria vir! E tinham enfiado em sua cabeça voltar pra casa da Fada pra perder tempo estudando! Você tem que concordar que, se hoje você está livre do engodo que são os livros e a escola, é por minha causa, por meus conselhos, a minha insistência! Só os verdadeiros amigos sabem fazer esses favores.

— É verdade, Mecha. Se hoje sou uma criança feliz, devo tudo a você. Sabe o que o professor falava de você? Dizia sempre: "Não se junte a esse malandro do Mecha, porque o Mecha é má companhia e só pode oferecer maus conselhos...".

— Pobre professor! — replicou o outro, balançando a cabeça. — Sei que ele pegava no meu pé e que gostava de me caluniar, mas como sou generoso eu o perdoo!

— Que alma caridosa! — disse Pinóquio, abraçando de forma afetuosa o seu amigo e dando-lhe um beijo no meio dos olhos.

Havia cinco meses que estava nessa vida boa de brincar e divertir-se durante o dia todo, sem colocar a cara num livro, nem na escola, quando numa manhã Pinóquio, ao acordar, recebeu uma desagradável surpresa que o deixou mal-humorado.

XXXII

Pinóquio fica com orelhas de burro e depois se transforma num burrico de verdade que começa a rinchar.

Qual surpresa foi essa?

Vou lhes contar, meus pequenos leitores. A surpresa foi que Pinóquio, ao acordar, teve vontade de coçar a cabeça e, ao coçá-la, surpreendeu-se...

Adivinhem com o que ele se surpreendeu?

Ficou assustado porque as suas orelhas cresceram mais de um palmo.

Vocês sabem que o boneco, desde seu nascimento, tinha umas orelhas muito pequenas, tão pequenas que mal eram vistas a olho nu. Imaginem, então, como ficou quando notou que suas orelhas haviam aumentado tanto durante a noite e agora pareciam duas escovas.

Foi imediatamente procurar um espelho para poder se enxergar, mas não encontrando um espelho, encheu de água uma bacia do lavabo e, olhando para dentro da bacia, viu aquilo que nunca queria ter visto, ou seja, viu sua imagem embelezada por um magnífico par de orelhas de burro.

Deixo que vocês imaginem a dor, a vergonha e o desespero do pobre Pinóquio!

Começou a chorar, gritar, bater a cabeça contra a parede, mas quanto mais se desesperava, mais suas orelhas cresciam e ficavam pontudas e peludas.

Ao ouvir o som daqueles gritos agudíssimos, entrou no quarto uma linda Marmota que vivia no andar superior. Ao ver o boneco tão desesperado, ela perguntou apressadamente:

— O que há com você, querido vizinho?

— Estou doente, Marmota, muito doente... com uma doença que dá muito medo! Você sabe tomar o pulso?

— Muito pouco sei.

— Veja se, por acaso, eu estou com febre.

A Marmota levantou a pata direita e, depois de tomar o pulso de Pinóquio, disse suspirando:

— Meu amigo, lamento ter que lhe dar uma má notícia...

— O que é?

— Você tem uma febre muito ruim...

— Que febre é essa?

— A febre do asno.

— Não conheço essa febre! — respondeu o boneco que, infelizmente, havia compreendido.

— Então vou lhe explicar — acrescentou a Marmota. — Você deve saber que dentro de duas ou três horas você não será um boneco, nem uma criança...

— E o que eu serei?

— Daqui a duas ou três horas você vai se transformar num verdadeiro burrico como esses que puxam carroças, levando couves e alfaces para o mercado.

— Oh, pobre de mim! Pobre de mim! — gritou Pinóquio, pegando com as mãos as duas orelhas, puxando-as e esticando-as com raiva, como se não fossem suas.

— Meu querido! — disse a Marmota para consolá-lo. — O que você vai fazer? É o seu destino. Está escrito nos livros da sabedoria que todas as crianças preguiçosas que, entediadas com livros, escolas e professores, gastam seus dias com brincadeiras e diversões, mais cedo ou mais tarde acabam se transformando em pequenos burros.

— Mas isso acontece de verdade? — perguntou o boneco soluçando.

— Infelizmente sim! E agora é inútil chorar. Você deveria ter pensado nisso antes!

— Mas não é minha culpa, a culpa é do Mecha, Marmotinha, você tem que crer em mim...

— E quem é esse Mecha?

— Um colega da escola. Eu queria voltar pra casa, eu queria ser obediente, eu queria continuar estudando e tirando boas notas... mas o Mecha disse: “Por que você vai se entediar estudando? Por que você que ir à escola? Venha comigo á Terra dos Brinquedos, ali não vamos estudar, vamos nos divertir de noite até o dia e estaremos sempre felizes”.

— E por qual motivo você seguiu o conselho desse mau amigo?

— Porque... porque, querida Marmota, sou um boneco sem juízo... e sem coração. Oh! Se eu tivesse um pouco de coração não teria abandonado a bondosa Fada que gostava de mim como se fosse a minha mãe e fez de tudo por mim... Agora eu não seria um boneco mas sim uma criança comportada, como tantas... Oh! Se eu encontrar o Mecha, ele que se cuide! Vai me pagar tintim por tintim...

Ele fez um movimento para sair. Mas quando chegou à porta, lembrou que tinha as orelhas de burro e, envergonhado por mostrá-las em público, o que ele fez? Pegou um gorro bem grande, de algodão, enfiando-o na cabeça até a ponta do nariz.

Depois disso saiu e foi buscar o Mecha por todas as partes. Procurou nas ruas, nas praças, nos teatrinhos, em todos os lugares, mas não o encontrou. Perguntou a todos que encontrou na rua, mas ninguém o tinha visto .

Então, foi procurá-lo na casa dele. Ao chegar à porta, chamou.

— Quem é? — perguntou Mecha, de dentro da casa.

— Sou eu! — respondeu o boneco.

— Espere um pouco, já vou abrir.

Meia hora depois a porta foi aberta. Imaginem a reação de Pinóquio quando, ao entrar no quarto, viu seu amigo Mecha com um gorro grande de algodão na cabeça, enfiado até o nariz.

Ao ver aquele gorro, Pinóquio sentiu-se consolado e pensou consigo mesmo: “Estará doente com a mesma doença? Será que pegou a febre do asno?”.

Fingindo que não percebeu nada, perguntou-lhe sorrindo:

— Como vai você, querido Mecha?

— Muito bem, como um rato num queijo parmesão.

— Você está falando sério?

— Por qual motivo eu mentiria?

— Desculpe, amigo. Então, por que você tem na cabeça esse gorro de algodão que tapa suas orelhas?

— O médico recomendou, porque eu machuquei os meus joelhos. E você, querido boneco, por que está com esse gorro de algodão enfiado até o nariz?

— Foi recomendação do médico, porque eu raspei meu pé.

— Oh! Pobre Pinóquio!

— Oh! Pobre Mecha!

Depois dessas palavras houve um silêncio muito longo, durante o qual os dois amigos não fizeram nada além de olhar um para o outro em deboche.

Finalmente, o boneco disse ao colega com voz suave e melodiosa:

— Tire uma dúvida minha, meu querido Mecha. Você teve alguma doença nas orelhas?

— Nunca! E você?

— Nunca! Mas desde cedo tenho uma orelha que está me incomodando.

— O mesmo acontece comigo.

— Com você também? E qual delas dói?

— As duas. E em você?

— As duas. Será a mesma doença?

— Acho que sim.

— Você pode me fazer um favor, Mecha?

— Com prazer! Com toda a vontade do mundo.

— Posso ver as suas orelhas?

— Como não? Mas antes quero ver as suas, querido Pinóquio.

— Não, você deve mostrar primeiro.

— Espertinho! Primeiro você, depois eu.

— Bem — disse o boneco —, vamos fazer um pacto de amizade.

— Vamos ver que pacto é esse.

— Vamos tirar os gorros ao mesmo tempo, nós dois. Aceita?

— Aceito.

— Prontos, então?

Pinóquio começou a contar em voz alta:

— Um! Dois! Três!

Ao ouvir a palavra "três", os dois meninos pegaram os gorros e jogaram-nos no ar.

Foi então que aconteceu uma cena que parecia mentira, se não tivesse sido verdade. Aconteceu que Pinóquio e Mecha, quando se viram sofrendo da mesma desgraça, em vez de se sentirem mortificados e doídos, começaram a agitar as orelhas desproporcionalmente grandes e, depois de fazerem mil caretas, acabaram com uma sonora risada.

E riram, riram, riram até não poder mais, mas, na melhor parte das risadas, Mecha deteve-se de repente e, cambaleando e mudando de cor, disse ao amigo:

— Socorro, Pinóquio, Socorro!

— O que está acontecendo?

— Coitado de mim! Não consigo me manter de pé.

— Eu também não consigo — gritou Pinóquio, chorando.

Enquanto falavam isso, ficaram curvados e em quatro patas e, caminhando com as mãos e os pés, começaram a girar e a correr pelo quarto. Enquanto eles corriam, seus braços iam se tornando patas, seus rostos foram ficando compridos e transformando-se em focinhos, e suas costas ficaram cobertas de uma penugem cinza-claro, com detalhes em preto.

Mas vocês querem saber qual foi o pior momento para aqueles dois infelizes? O pior momento e o mais humilhante foi quando por trás começou a nascer o rabo. Oprimidos pela vergonha e pela dor, eles tentaram chorar e lamentar-se do destino que os aguardava.

Melhor que nunca tivessem feito isso! No lugar de gemidos e lamentações, saíram zurros de asnos. E, zurrando de forma sonora, formavam um coral:

— Hi-hó, hi-hó!

Foi então que tocaram na porta e uma voz disse, do lado de fora:

— Abram! Sou o homenzinho, o condutor da carruagem que os trouxe a este país. Abram imediatamente, senão...

XXXIII

Tornando-se um burro de verdade, Pinóquio é posto à venda e comprado pelo diretor de uma companhia de palhaços. Na companhia é ensinado a dançar e a pular pelos aros, mas uma noite ele fica manco e então é comprado por outra pessoa que quer fazer da sua pele um tambor.

Vendo que a porta não era aberta, o homenzinho deu um violento chute nela. Ao entrar no quarto, disse para Pinóquio e para Mecha, com sua habitual risada:

— Bons meninos! Zurraram tão bem que os reconheci imediatamente pela voz. E aqui estou.

Perante tais palavras, os dois burricos ficaram muito abatidos, de cabeça baixa, orelhas baixas e o rabo entre as patas.

Antes de tudo, o homenzinho os alisou, acariciou, apalpou. Depois, sacou uma escova e os escovou.

Quando, por meio das escovadas, eles ficaram tão brilhantes quanto espelhos, passou-lhes o cabresto e os levou para a praça do mercado com a esperança de vendê-los e ganhar um bom dinheiro.

Realmente, os compradores não esperaram.

Um camponês, cujo asno tinha morrido no dia anterior, comprou Mecha, e Pinóquio foi vendido para o diretor de uma Companhia de palhaços e acrobatas, que o comprou para ser adestrado e para fazê-lo saltar e dançar com o restante dos animais da companhia.

Vocês entenderam, meus pequenos leitores, qual era o trabalho daquele homenzinho? Aquele monstro horrível, cuja aparência era doce, ia de vez em quando com uma carruagem andando pelo mundo e recolhendo, com promessas e bajulação, todas as crianças preguiçosas que se cansaram dos livros e da escola. Depois de levá-los em sua carruagem, ele os conduzia ao Terra dos Brinquedos, para que passassem o tempo todo brincando, fazendo algazarra e divertindo-se. Mais tarde, quando aqueles pobres inocentes, depois de tanto brincar o tempo todo e nunca mais estudar, convertiam-se em burros, ele apoderava-se deles e os vendia na feira. E assim, em poucos anos, ele ganhou muito dinheiro e se tornou milionário. O que aconteceu com Mecha, eu não sei. O que eu sei é que, desde os primeiros dias, Pinóquio levou uma vida duríssima e lamentável.

Quando o levaram para o estábulo, o novo amo encheu a baia com palha, mas Pinóquio, depois de experimentar um bocado, cuspiu.

Então o amo, grunhindo, encheu a baia de feno, mas ele também não gostou do feno.

— Ah! Você não gosta do feno também? — gritou o amo, nervoso. — Espere um pouco, burrico, que se você tem manhas, eu vou tirá-las!

E, para corrigi-lo, deu uma chicotada em suas patas.

Pinóquio começou a chorar e a zurrar de dor e, zurrando, disse:

— Hi-hó, hi-hó, hi-hó, não consigo digerir a palha!

— Então coma o feno! — respondeu o amo, que entendia perfeitamente o dialeto asinino.

— Hi-hó, hi-hó, o feno me dá dor de barriga!

— E você pretende que um asno como você seja mantido a peito de frango e gelatina? — perguntou o amo, ficando cada vez mais nervoso e dando-lhe uma segunda chicotada.

Perante essa segunda chicotada, Pinóquio, por prudência, calou-se imediatamente e não disse mais nada.

Depois fecharam o estábulo e Pinóquio ficou sozinho. Como não comia havia várias horas, começou a bocejar de tanta fome. E, ao bocejar, abria a boca que parecia um forno.

Finalmente, não encontrando nada para comer na baia, resignou-se a mastigar um pouco de feno, e depois de mastigá-lo bem, fechou os olhos e o engoliu.

— Este feno não é tão ruim — disse a si mesmo —, mas teria sido melhor continuar estudando! A essa altura, no lugar de feno, poderia comer um pedaço de pão macio e uma boa porção de salsichão... Paciência!

Na manhã seguinte, ao acordar, buscou na baia um pouco de feno, mas não encontrou, pois tinha comido todo ele de noite.

Então pegou um bocado de palha triturada, mas enquanto mastigava percebeu que o sabor da palha não era parecido em nada com os bolinhos empanados de arroz ou com a macarronada à napolitana.

— Paciência! — repetiu, enquanto continuava mastigando. — Que a minha desgraça sirva de lição pra todas as crianças desobedientes que não querem estudar, pelo menos! Paciência! Paciência!

— Paciência nada! — gritou o amo, entrando no estábulo. — Por acaso, burrico, você acha que eu o comprei pra lhe dar de beber e comer? Comprei pra que você trabalhe e me faça ganhar muitos centavos. Vamos, vamos logo! Venha comigo ao circo e ali ensinarei você a pular aros, quebrar os barris de papel com a cabeça e dançar valsa e polca nas patas traseiras.

O pobre Pinóquio, por vontade ou por força, teve que aprender todas essas coisas, mas, para aprendê-las, precisou de três meses de lições e muitas chicotadas.

Finalmente chegou o dia em que seu amo pôde anunciá-lo num espetáculo realmente extraordinário. Os diversos cartazes coloridos, colados nas esquinas de todas as ruas, diziam assim:

UM GRANDE ESPETÁCULO DE GALA

ESTA NOITE, TEREMOS OS HABITUAIS SALTOS E EXERCÍCIOS SURPREENDENTES REALIZADOS PELOS CAVALOS E ARTISTAS DA COMPANHIA.

ALÉM DISSO, SERÁ APRESENTADO, PELA PRIMEIRA VEZ, O FAMOSO BURRO PINÓQUIO, ESTRELA DA DANÇA. O TEATRO ESTARÁ ILUMINADO DE FORMA ESPLÊNDIDA.

Naquela noite, como podem imaginar, o teatro estava completamente cheio antes que começasse o espetáculo.

Não havia uma poltrona, nem um assento preferencial, nem um lugar na plateia, ainda que o ingresso estivesse a preço de ouro.

As arquibancadas do circo fervilhavam de crianças, meninas e meninos de todas as idades, febris pelo desejo de ver a dança do burro Pinóquio.

Depois que acabou a primeira parte do *show*, o diretor da companhia, vestido com uma sobrecasaca preta, calça branca e botas de couro até os joelhos, apresentou ao público o número e, fazendo uma reverência, recitou, com muita solenidade, a seguinte fala maluca:

"Respeitável público, senhoras damas e cavalheiros! O humilde subscritor, de passagem por esta ilustre metrópole, teve por bem conceder-me a honra, senão o prazer, de apresentar a este inteligente e notável auditório o célebre burrico que teve o privilégio de dançar na presença de Sua Majestade, o Imperador de todas as Cortes principais da Europa. E com os meus preclaros agradecimentos, amparado em vossa animadora presença, vos conclamo e vos peço desculpas!"

Esse discurso foi acolhido com muitas gargalhadas e muitos aplausos, mas os aplausos aumentaram e converteram-se numa espécie de furacão ao aparecer o burro Pinóquio no centro do circo. Estava vestido para uma festa. Tinha uma rédea nova de pele reluzente, com fivelas e tachas de latão, duas camélias brancas nas orelhas, a crina dividida em cachos amarrados com laços de seda vermelha, uma faixa muito grande dourada e prateada que atravessava seu peito e sua cauda trançada com fitas de veludo amarelo e azul-claro. Em suma, era um burrico adorável!

O diretor, ao apresentá-lo ao público, acrescentou estas palavras:

"Meus respeitáveis espectadores! Não vou esconder de vocês as grandes dificuldades superadas por mim para entender e subjugar esse mamífero, enquanto vagava livremente de montanha em montanha, nas planícies da zona tórrida. Veja quanta selvageria exalam os seus olhos, ou seja, que ao revelar-se que todos os meios foram meras vaidades para domesticar este quadrúpede à vida civil, eu tive de recorrer, mais de uma vez, ao amável dialeto do chicote. Toda bondade minha, em vez de fazê-lo me amar, tornou sua alma mais maligna. Mas eu, seguindo o método de Galles, encontrei no seu crânio uma pequena cartilagem óssea, que a própria Faculdade de Medicina de Paris reconhece ser o centro de regeneração dos cabelos e da dança pírrica. E é por isso que eu quis adestrá-lo na dança, assim como nos respectivos saltos de argola e barris cobertos de papel. Admirem-no e depois julguem-no! Mas antes de me despedir de vocês, permitam, senhores, que os convide ao diurno espetáculo de amanhã pela noite; e no apogeu do tempo chuvoso que ameaça chuva, então o *show*, em vez de amanhã pela noite, será adiado e colocado posteriormente amanhã pela manhã, às onze horas, antes do meio-dia".

E nesse momento o diretor fez outra profunda reverência e depois, virando-se para Pinóquio, disse:

— Ânimo, Pinóquio! Antes de dar início aos seus exercícios, cumprimente o respeitável público, cavalheiros, damas e crianças!

Pinóquio, obediente, dobrou os joelhos dianteiros até o chão e permaneceu ajoelhado até que o diretor, estalando o chicote, gritou-lhe:

— Um passo!

Então o burro ergueu-se nas suas quatro patas e começou a dar voltas no circo, caminhando sempre a passo.

Pouco depois, o diretor gritou:

— Um trote!

E Pinóquio, obediente com a ordem, mudou seu passo para trote.

— Um galope!

E Pinóquio começou a galopar.

— Uma corrida!

E Pinóquio começou uma veloz corrida. Enquanto corria como um louco, o diretor, levantando o braço, lançou um tiro ao ar.

Ao ouvir o tiro o burro fingiu estar ferido e caiu deitado no circo, como se estivesse à beira da morte.

Quando se levantou do chão, em meio a uma salva de palmas e assobios que chegavam ao céu, teve então a ideia de levantar a cabeça e olhar para cima... E, ao olhar, viu em um camarote uma dama que usava em seu pescoço um belo colar de ouro, no qual havia um medalhão. No medalhão estava pintado o retrato de um boneco. "Esse é o meu retrato!... Essa dama é a Fada!", pensou Pinóquio, reconhecendo-a rapidamente e, deixando a sua empolgação guiá-lo, tentou gritar:

— Oh, minha Fada! Oh, minha Fada!

Mas no lugar dessas palavras, saiu de sua garganta um zurro muito sonoro e prolongado que fez rir todos os espectadores, em especial as crianças que estavam no teatro.

Foi então que o diretor, para ensiná-lo e fazê-lo entender que não é apropriado ficar zurrando na frente do público, bateu com o cabo do chicote no nariz do Pinóquio.

O pobre burro, botando um palmo de língua para fora, entreteve-se lambendo o nariz por uns cinco minutos, tentando aliviar a dor que sentia.

Imaginem o seu desespero quando, ao voltar a olhar para cima, viu que o camarote estava vazio e que a Fada havia desaparecido!

Sentiu que morria, os olhos se encheram de lágrimas e começou a chorar desesperadamente. Mas ninguém notou, e o diretor notou menos ainda e, estalando o chicote, gritou:

— Vamos, Pinóquio! Mostre a esses senhores a sua graça ao saltar os aros.

Pinóquio tentou duas ou três vezes, mas sempre que chegava diante do aro, em vez de atravessá-lo, passava comodamente embaixo dele. Finalmente deu um salto e o atravessou, mas as patas traseiras ficaram presas no aro e ele caiu no chão do outro lado, como um fardo.

Quando se levantou, estava manco e com muitas dificuldades para poder retornar à cocheira.

— Deixe o Pinóquio sair! Nós queremos o burrico! Deixe o burrico sair! — gritavam as crianças da plateia, sentindo piedade e comovidas pelo triste acontecimento.

Mas o burrico não apareceu mais aquela noite.

Na manhã seguinte, o veterinário, ou seja, o médico dos animais visitou-o e declarou que ele ficaria manco para toda a vida.

Foi então que o diretor disse ao criado do estábulo.

— O que quer que eu faça com um burro manco? Ele comeria o meu pão de graça. Leve-o à praça e revenda-o.

Chegando à praça, encontrou rapidamente um comprador, que perguntou ao criado do estábulo:

— Quanto você quer por esse burro manco?

— Vinte liras.

— Dou vinte centavos. Não compro pra utilizá-lo, compro-o pela sua pele. Vejo que tem uma pele muito dura e estou pensando em fazer um tambor pra banda de música da minha terra.

Deixo que vocês imaginem, crianças, o "prazer" que o pobre Pinóquio sentiu quando ouviu que seu destino era ser um tambor!

O fato é que o comprador, assim que pagou os vinte centavos, levou o burro a uma rocha próxima do mar. Colocou uma corda em volta do pescoço dele, que estava amarrada a uma pedra, amarrou uma pata também com a corda e ficou com essa corda na mão. De repente deu um empurrão nele e jogou-o na água.

Pinóquio, sentindo aquele peso no pescoço, foi rapidamente para o fundo. O comprador, com sua corda bem presa na mão, sentou-se na pedra e esperou que o burro morresse afogado para depois arrancar-lhe a pele.

XXXIV

Pinóquio, jogado ao mar, é comido pelos peixes e volta a ser um boneco, como antigamente. Mas enquanto nada para se salvar é engolido pelo terrível Tubarão.

Depois de passarem cinquenta minutos que o burro estava embaixo d'água, o comprador disse a si mesmo:

— A esta hora o meu pobre burro manco deve estar completamente afogado. Vou retirá-lo e fazer da sua pele o tambor.

Começou a puxar pela corda que estava amarrada à pata, puxou e puxou, até que por fim apareceu nas águas... Adivinhem? No lugar do burro morto, viu surgir das águas um boneco vivo que se contorcia como uma enguia.

Vendo aquele boneco de madeira, o pobre homem acreditou que estivesse sonhando e ficou abobado, com a boca aberta e os olhos arregalados.

Quando se recuperou um pouco do primeiro susto, disse chorando e balbuciando:

— Onde está o burro que joguei ao mar?

— Aquele burro sou eu! — respondeu o boneco rindo.

— Você?

— Eu.

— Ah! Malandro! Pretende caçoar de mim?

— Caçoar do senhor? Nada disso, querido amo. Estou falando sério.

— Como é possível que você, que até pouco tempo atrás era um burro, agora, depois de estar na água, tenha se convertido num boneco de madeira?

— Deve ser o efeito da água do mar. O mar prega peças.

— Cuidado, boneco, cuidado!... Não pense que vai se divertir às minhas custas. Coitado de você caso eu perca a paciência!

— Tudo bem, amo, o senhor quer saber toda a verdade nessa história? Solte-me e contarei.

Aquele comprador atrapalhado, intrigado por conhecer a verdadeira história, soltou imediatamente o nó da corda que prendia o boneco. Foi então que Pinóquio, vendo-se livre como um pássaro no ar, começou a dizer:

— O senhor deve saber que eu era um boneco de madeira, como sou agora, embora estivesse a um triz de me tornar um menino como tantos que há no mundo; mas pela minha pouca vontade de estudar e por seguir as más companhias, eu escapei de casa... E num dia, ao acordar, eu tinha me transformado num burro com orelhas e... um belo rabo! Que vergonha pra mim! Uma vergonha, querido amo, que rezo para Santo Antônio que não faça o senhor viver essa experiência... Fui colocado à venda no mercado de burros e fui comprado pelo diretor de uma companhia circense, que colocou na cabeça que ia me tornar um dançarino e um saltador de aros. Mas uma noite, durante o espetáculo, levei um tombo muito forte e fiquei manco de duas patas. Foi então que o diretor, que não sabia o que fazer com um burro manco, mandou que fosse revendido... e o senhor me comprou!

— Claro! E paguei vinte centavos por você. Quem vai devolver os meus vinte centavos?

— E pra que o senhor me comprou? Comprou-me pra fazer da minha pele um tambor... um tambor!

— Claro! E onde encontro outra pele?

— Não se desespere, amo. Há muito burro neste mundo!

— Diga-me, garoto impertinente, sua história acaba aí?

— Não — respondeu o boneco —, mais algumas palavras e termino. Depois de ter me comprado, o senhor me trouxe aqui pra ser morto. Mas depois de ter cedido a um sentimento humanitário, preferiu amarrar uma corda no meu pescoço e me jogar ao mar. Esse sentimento delicado honra-o muito, e eu agradecerei isso pra todo o sempre. Mas, querido amo, o senhor fez isso sem contar que a Fada...

— Quem é essa Fada?

— É a minha mãe, que é igual a todas as mães boas que amam os seus filhos e nunca os perdem de vista, ajudando-os de forma amorosa em todas as desgraças, inclusive naquelas em que, por culpa das suas travessuras e mau comportamento, os filhos mereçam ser abandonados e deixados no mundo por sua conta. Voltando, contava que a Fada, quando viu que eu estava me afogando, enviou pra mim um enorme cardume de peixes que, acreditando que eu era um burro morto, começaram a me comer. E que mordidas eles davam! Nunca acreditaria que os peixes fossem mais comilões do que as crianças! Um deles comeu a minha orelha, outro o focinho, outros o pescoço e a crina, a pele das patas, do lombo... e entre eles havia um peixinho muito amável que comeu o meu rabo de burro.

— De hoje em diante — afirmou o comprador, horrorizado —, não vou comer mais carne de peixe! Não gostaria nem um pouco de abrir um salmonete ou uma merluza frita e encontrar em seu corpo um rabo de burro.

— Eu acho a mesma coisa — replicou o boneco, rindo. — O senhor deve saber que os peixes comeram toda a minha casca asinina que me cobria dos pés à cabeça, chegaram, como é de se imaginar, aos ossos... ou melhor dito, chegaram à madeira, e, como pode ver, sou feito com uma madeira muito dura. E depois de darem as primeiras mordidas, aqueles peixes glutões notaram, imediatamente, que a madeira era muito dura pra seus dentes e, enojados por aquele alimento indigesto, foram cada um pro seu lado, sem voltar pra agradecer... E foi assim. É por isso que o senhor puxou a corda e encontrou um boneco vivo no lugar de um burrico morto.

— Muito engraçada a sua história! — gritou o comprador, enfurecido. — Sei somente que gastei vinte centavos para comprá-lo e quero o meu dinheiro de volta. Sabe o que vou fazer? Vou levar você novamente ao mercado e o venderei por peso como madeira seca para fazer fogo nas lareiras.

— Revenda-me, então. Pra mim, seria um prazer — disse Pinóquio.

Enquanto dizia isso, deu um salto e caiu no meio da água. Nadando alegremente e ficando distante da praia, gritava ao pobre comprador:

— Adeus, amo. Quando precisar de uma pele pra fazer um tambor, lembre-se de mim.

Depois ria e continuava nadando e, em pouco tempo, olhando para trás, berrava com mais força:

— Adeus, amo. Quando precisar de madeira seca para colocar na lareira, lembre-se de mim.

O caso é que num piscar de olhos distanciou-se tanto que quase não era visto, ou seja, dava para vê-lo, mas somente como um pontinho preto na superfície do mar que, de vez em quando, erguia as pernas, fazia cambalhotas e dava saltos fora d'água como se fosse um golfinho brincalhão.

Enquanto Pinóquio nadava sem rumo, viu no meio do mar uma rocha que parecia mármore branco. No topo da rocha, uma cabra bonita dançava carinhosamente e fazia sinais para que ele se aproximasse.

O mais curioso era o seguinte: o pelo da cabra, em vez de ser preto ou branco, ou das duas cores, era azul, mas de um azul brilhante que lembrava muito o tom de cabelo da linda Fada.

Deixo para vocês imaginarem como o coração do pobre Pinóquio batia! Dobrando as suas forças e energias, começou a nadar em direção à pedra branca. Estava no meio do caminho quando da água saiu uma enorme cabeça de um monstro marinho, com a boca muito aberta como se fosse um abismo, e três fileiras de dentes que aterrorizariam qualquer um, até mesmo se fossem desenhados.

Sabem quem era aquele monstro marinho?

Aquele monstro marinho não era ninguém menos do que o Tubarão gigante, aquele de que falamos várias vezes nesta história, e que pelos seus estragos e sua voracidade insaciável recebia o apelido de "O Átila dos peixes e pescadores".

Imaginem o espanto do pobre Pinóquio quando viu o mostro. Tentou esquivar-se, mudar de caminho, fugir, mas aquela imensa boca aberta continuava indo ao seu encontro com a velocidade de uma flecha.

— Apresse-se, Pinóquio, por favor! — gritava pulando a bela cabra.

E Pinóquio nadava de forma desesperada, com os braços, com o peito, com as pernas e com os pés.

— Corra, Pinóquio, o monstro se aproxima!

E Pinóquio, usando a energia que lhe sobrava, dobrava as suas forças.

— Cuidado, Pinóquio! O monstro o alcança! Está aí! Está aí! Por favor, se apresse ou você estará perdido!

E Pinóquio nadava mais rápido do que nunca, para frente, para frente, para frente como se fosse uma bala de um fuzil. E estava próximo da pedra, e a cabrinha ia se inclinando sobre o mar, esticando sua patinha dianteira para ajudá-lo a sair da água!

Mas era tarde! O monstro o tinha alcançado e, engolindo a água, bebeu o pobre boneco como se fosse um ovo de galinha. Engoliu-o com tanta violência e vontade que Pinóquio, depois de entrar no corpo do Tubarão, bateu de forma tão descomunal que ficou atordoado durante um quarto de hora.

Quando voltou a si, não lembrava sequer em que mundo estava. Ao seu redor havia, por todas as partes, uma grande escuridão. Uma escuridão tão grande e profunda que ele achava que estava na cabeça de um polvo cheio de tinta. Ficou ouvindo e não ouviu nenhum ruído, só uma vez quando sentiu que vento era lançado na sua cara. No começo, não sabia de onde vinha o vento, mas depois compreendeu que saía dos pulmões do monstro. Devemos entender que o Tubarão sofria muito com asma e, quando respirava, parecia que um furacão se aproximava.

Pinóquio, num momento, deu um jeito para criar coragem. Mas quando notou e comprovou que estava fechado no corpo do monstro, começou a chorar e a gritar enquanto chorava:

— Socorro! Socorro! Oh, pobre de mim! Não há ninguém que possa me salvar?

— Quem poderia salvar você, infeliz? — disse na escuridão uma voz pequena e rachada como a de uma guitarra desafinada.

— Quem está falando? — perguntou Pinóquio, frio de tanto medo.

— Sou eu! Sou um pobre Atum, engolido pelo Tubarão no mesmo momento em que você foi. E você, que tipo de peixe é você?

— Não tenho nada a ver com os peixes. Sou um boneco.

— Então, se você não é um peixe, por que você deixou que o Tubarão o engolisse?

— Eu não me deixei engolir. Ele me engoliu! E, agora, o que vamos fazer nesta escuridão?

— Resignar-nos e esperar que o Tubarão passe a digerir nós dois.

— Mas eu não quero ser digerido! — gritou Pinóquio, voltando a chorar.

— Eu não quero ser digerido também — acrescentou o Atum —, mas sou um pouco filósofo e me consola pensar que, quando a gente nasce Atum, é mais digno morrer na água do que no azeite...

— Besteira! — gritou Pinóquio.

— É só uma opinião — disse o Atum —, e as opiniões, como dizem os atuns políticos, devem ser respeitadas!

— Resumindo, quero ir embora daqui... quero fugir...

— Fuja, se você conseguir!

— É muito grande este Tubarão que nos engoliu? — perguntou o boneco.

— Imagine que seu corpo tem mais de um quilômetro de comprimento, sem contar a cauda.

Enquanto mantinham essa conversa às escuras, Pinóquio achou que viu ao longe uma espécie de claridade.

— O que será essa luzinha ali, longe? — disse Pinóquio.

— Deve ser algum companheiro nosso que está à espera, como nós, para ser digerido.

— Vou ao seu encontro. Poderia ser um Peixe velho, capaz de me ensinar a fugir?

— Desejo que seja isso, de todo coração, querido boneco.

— Adeus, Atum.

— Adeus, boneco. Boa sorte!

— Onde nos veremos novamente?

— Quem sabe... Melhor nem pensar!

XXXV

Pinóquio encontra dentro do Tubarão... Quem ele encontra? Leiam este capítulo e saberão.

Pinóquio, assim que disse adeus ao seu amigo Atum, foi cambaleando e começou a caminhar tateando pelo corpo do Tubarão, indo passo a passo em direção à pequena luz que tremia ao longe.

Enquanto andava sentiu que seus pés estavam numa poça de água gordurosa e escorregadia, que tinha um cheiro intenso de peixe frito, tanto que sentiu que estava durante o período da Quaresma.

Quanto mais andava, mais reluzente e perceptível era a claridade. Até que, depois de muito andar, chegou finalmente. Quando ele chegou... o que ele achou? Não iriam adivinhar nem se tentassem mil vezes. Ele encontrou uma mesinha com uma vela acesa em uma garrafa de vidro verde, e, sentado à mesa, um velhinho, muito branco, como se fosse neve ou creme batido, que estava mastigando uns peixes vivos, mas tão vivos que às vezes, enquanto os comia, eles fugiam da sua boca.

Ao ter essa visão, o pobre Pinóquio teve uma alegria tão grande e tão inesperada que faltou pouco para começar a delirar. Queria rir, queria chorar, queria falar um monte de coisas. No entanto, murmurava de maneira confusa e balbuciava palavras e frases sem sentido. Finalmente ele conseguiu lançar um grito de alegria e, abrindo os braços, jogou-se no pescoço do velhinho e começou a gritar:

— Oh! Papaizinho! Finalmente o encontro! Não deixarei você sozinho nunca mais, nunca, nunca mais!

— Meus olhos estão me enganando? — respondeu o velhinho, esfregando-os. — É verdade que você é o meu querido Pinóquio?

— Sim, sim, sou eu, ele mesmo! E o senhor me perdoou, não é? Oh! Papaizinho, como você é bom! E pensar que eu, em troca... Oh, se você soubesse quantas desgraças caíram sobre a minha cabeça e quantas coisas saíram mal!

"Imagine o senhor, pobre papaizinho, depois de você ter vendido seu casaco e comprado o silabário pra que eu fosse à escola, eu fugi pra ver o teatro de fantoches, e Comefogo queria me jogar no fogo pra cozinhar o seu cordeiro; e foi logo ele quem me deu cinco moedas de ouro pra que as levasse pro senhor. Mas eu encontrei a Raposa e o Gato, que me levaram até a Pousada do Camarão Vermelho, onde comeram como se fosse lobos, e, ao sair de lá à noite, encontrei os assassinos que correram atrás de mim, e eu fugindo na frente, e eles me seguindo, sempre atrás, e eu na frente, e eles sempre atrás, e eu na frente, até que eles me enforcaram no galho do Grande Carvalho, que foi onde a linda menina de cabelos azuis pediu pra me buscarem numa carruagem. Os médicos me visitaram e disseram: 'Se não está morto, é sinal de que está vivo'; então eu disse uma mentira e meu nariz começou a crescer e eu não conseguia passar pela porta do quarto. Depois eu fui com a Raposa e o Gato pra enterrar as quatro moedas de ouro, pois uma delas eu tinha gasto na pousada, e o Papagaio começou a rir; das duas mil moedas, eu não encontrei nenhuma, e o juiz, quando soube que fui roubado, mandou me colocar na cadeia. Depois saí por uma anistia dada aos ladrões, e, ao sair, vi um lindo cacho de uvas num terreno, mas eu fiquei preso em uma armadilha, e o camponês, por bem ou por mal, colocou em mim uma coleira de cachorro para que eu vigiasse o galinheiro. Depois viu que eu era inocente e me deixou livre; foi então que a cobra com o rabo que soltava fumaça começou a rir. Daí estourou uma veia do seu peito, e foi assim que voltei à casa da menina bonita, que estava morta. E o Pombo, me vendo chorar, me disse: 'Vi o seu pai, estava fabricando um barquinho pra buscar você', e eu disse: 'Oh! Se eu tivesse asas!', e ele disse: 'Você quer ir com o seu pai?', e eu respondi: 'Quem me dera! Mas quem me levaria?', e ele respondeu: 'Eu levo você", e eu perguntei: 'Como?', e ele respondeu: 'Monte na minha garupa'. E foi assim que voamos por toda a noite e depois, pela manhã, todos os pescadores olhavam pro mar e disseram: 'Há um pobre homem num barquinho quase se afogando', e eu ao longe reconheci o senhor, rapidamente, porque meu coração dizia isso, e eu fiz sinais para que o senhor retornasse à praia..."

— Eu também o reconheci — disse Geppetto —, e teria voltado de boa vontade pra praia, mas como? O mar estava agitado e uma onda muito forte virou o barquinho. Foi então que um horrível Tubarão que estava por ali perto me viu na água; então ele correu na minha direção, botando a língua pra fora, me pegou e sem cerimônia nenhuma me engoliu, como se eu fosse um macarrão.

— Há quanto tempo você está trancado aqui dentro? — perguntou Pinóquio.

— Desde esse dia, devem ser dois anos já. Dois anos, Pinóquio, que pareceram séculos!

— E como você fez pra manter-se vivo? Onde você encontrou essa vela? Quem lhe deu fósforos pra acendê-la?

— Agora vou lhe contar tudo. Você deve saber que a mesma tempestade que derrubou o meu barco, também virou um navio mercante. Os marinheiros foram todos salvos, mas o navio afundou e o Tubarão, naquele dia, estava com muita fome; então engoliu o barco depois de me engolir...

— Como assim? Engoliu de uma bocada só? — perguntou Pinóquio, assombrado.

— Tudo de uma bocada só, apenas cuspiu o mastro principal, porque tinha ficado preso nos dentes como se fosse um espinho. Por sorte, o barco estava carregado de carne em conserva em caixas de estanho, biscoitinhos, ou seja, pão seco, garrafas de vinho, uvas-passas, queijo, café, açúcar, velas de cera e caixas de fósforos. Com toda essa abundância consegui viver esses dois anos, mas hoje estou nas últimas. Não ficou nada na despensa, e esta vela, que você vê acesa, é a última que me resta...

— E depois?

— Depois, meu querido, nós ficaremos no escuro.

— Então, papaizinho — disse Pinóquio —, não podemos perder tempo. Temos que pensar em fugir logo...

— Fugir? Como?

— Escapando pela boca do Tubarão e jogando-se ao mar.

— Não é má ideia, mas eu, meu querido Pinóquio, não sei nadar.

— E isso importa? Você vai segurando nos meus ombros, e eu, que sou um bom nadador, vou levá-lo são e salvo pra praia.

— É uma ilusão, meu menino! — replicou Geppetto, sacudindo a cabeça e sorrindo melancolicamente. — Você acha que é possível que um boneco que mede apenas um metro, como você, possa ter tanta força pra me levar a nado, carregado?

— Vamos tentar e veremos! De qualquer modo, se está escrito no céu que vamos morrer, pelo menos teremos, como consolo, o fato de morrer abraçados.

E, sem dizer mais nada, Pinóquio pegou a vela e, caminhando na frente para iluminar, disse ao pai:

— Venha atrás de mim e não tenha medo.

Caminharam por um bom tempo cruzando todo o estômago do Tubarão. Mas, quando chegaram aonde começava a garganta do monstro, acharam que era oportuno deter-se para observar e escolher o momento adequado para a fuga.

Devemos saber que o Tubarão, que era muito velho e sofria com asma e arritmia, era obrigado a dormir com a boca aberta. Portanto, Pinóquio, ao chegar no começo da garganta, olhou para cima e pôde ver que, do lado de fora daquela enorme boca aberta, havia um pedaço de céu, cheio de estrelas, e uma bela lua.

— Este é o momento de fugir — sussurrou, voltando-se para o pai. — O Tubarão dorme feito uma pedra, o mar está tranquilo e dá pra enxergar como se fosse de dia. Venha, papaizinho, venha atrás de mim e daqui a pouco estaremos a salvo.

Dito e feito. Subiram pela garganta do monstro marinho e, chegando àquela imensa boca, começaram a caminhar na ponta dos pés, pela língua. Uma língua tão larga e tão comprida que parecia uma avenida. Estavam prontos para dar um salto grande e jogar-se ao mar quando, de repente, o Tubarão espirrou e, ao espirrar, deu uma sacudida tão violenta que Pinóquio e Geppetto foram empurrados para trás e jogados novamente ao fundo do estômago do monstro.

Com o grande golpe da queda, a luz da vela se apagou, e ambos, pai e filho, ficaram às escuras.

— E agora? — perguntou Pinóquio, ficando muito sério.

— Agora, rapaz, estamos completamente perdidos.

— Perdidos? Por quê? Me dê a sua mão, papaizinho, e cuidado pra não tropeçar.

— Pra onde você me leva?

— Temos que tentar de novo a nossa fuga. Venha comigo e não tenha medo.

Dito isso, Pinóquio pegou o pai pela mão, e, caminhando nas pontas dos pés, voltaram a subir juntos pela garganta do monstro. Depois atravessaram toda a língua e cruzaram as três fileiras de dentes. Mas antes de dar o salto, o boneco disse a Geppetto:

— Monte nos meus ombros e me abrace com força que do resto, eu me ocupo.

Assim que Geppetto se acomodou nos ombros do filho, Pinóquio, muito seguro de si, jogou-se na água e começou a nadar. O mar estava calmo como o óleo, a lua brilhava em todo o seu esplendor e o Tubarão dormia num sono tão profundo que não teria sido acordado nem com disparos de canhão.

XXXVI

Finalmente Pinóquio deixa de ser um boneco e transforma-se em um menino.

Enquanto Pinóquio nadava rapidamente para chegar à praia, notou que seu pai, carregado nos ombros por ele, com as pernas na água, tremia de forma horrível, como se tivesse uma febre terçã.

Tremia de frio ou de medo? Quem sabe? Talvez um pouco de cada. Mas Pinóquio, achando que a tremedeira fosse de medo, disse para acalmá-lo:

— Coragem, papai! Dentro de uns minutos chegaremos à terra firme e estaremos a salvo.

— Mas onde está essa bendita praia? — perguntou o velhinho, cada vez mais inquieto e aguçando a sua visão, como fazem os bons alfaiates ao colocar o fio na agulha. — Olho para todas as partes e não vejo nada além do céu e do mar.

— Mas eu vejo a praia — disse o boneco. — Para que você saiba, sou como os gatos, enxergo melhor de dia do que de noite.

O pobre Pinóquio fingia estar de bom humor, mas, em vez disso, começava a ficar desanimado. Faltavam-lhe as forças, sua respiração ficava cada vez mais difícil e cansada... Em suma, não podia continuar, e a praia continuava longe.

Nadou enquanto tinha forças, depois virou sua cabeça em direção à de Geppetto e disse, interrompendo as palavras:

— Papai... ajude-me! Estou... morrendo...

Pai e filho estavam quase se afogando quando ouviram uma voz de violão desafinado, que disse:

— Quem está morrendo?

— Eu e o meu pobre pai!

— Reconheço essa voz! Você é o Pinóquio!

— Exato! E você?

— Eu sou o Atum, seu companheiro de prisão dentro do corpo do Tubarão.

— Como você fez pra escapar?

— Imitei o seu exemplo. Você me mostrou o caminho e, depois disso, eu fugi também.

— Atum, meu amigo, você chegou a tempo! Imploro pelo amor que você tem aos seus atunzinhos, ajude-nos ou estamos perdidos!

— Com muito prazer e de todo o coração. Segurem-se na minha cauda e deixem que eu os guie. Em quatro minutos vocês chegarão à beira do mar.

Como podem imaginar, Geppetto e Pinóquio aceitaram imediatamente o convite; mas, em vez de segurarem a cauda, acharam que era mais cômodo sentar na garupa do Atum.

— Somos muito pesados? — perguntou Pinóquio.

— Pesados? Nem um pouco, parece que estou levando duas conchinhas — respondeu Atum, que era tão grande e robusto que parecia um bezerro de dois anos.

Chegando à margem, Pinóquio foi o primeiro que saltou em terra firme para poder ajudar seu pai a fazer o mesmo. Logo depois voltou-se na direção do Atum e disse-lhe, com a voz comovida:

— Meu amigo, você salvou o meu pai! Não tenho palavras pra lhe agradecer! Permita-me ao menos que lhe dê um beijo em sinal de reconhecimento eterno!

O Atum botou o focinho para fora da água e Pinóquio, de joelhos no chão, deu um beijo muito afetuoso na sua boca. Perante esse gesto de ternura espontânea, o pobre Atum, que não estava acostumado com aquilo, sentiu-se tão comovido que, sentindo vergonha de que o vissem chorar como uma criança, colocou a cabeça dentro da água e desapareceu.

Entretanto o dia tinha nascido.

Pinóquio, então, oferecendo seu braço a Geppetto, que apenas conservava forças para se manter em pé, disse-lhe:

— Apoie-se no meu braço, querido papaizinho, e vamos. Caminharemos devagarzinho como as formigas, e quando nos cansarmos faremos uma pausa.

— E pra onde vamos? — perguntou Geppetto.

— Procurar uma casa ou uma cabana onde nos deem, por caridade, um pedaço de pão e um punhado de palha que nos sirva de cama.

Ainda não haviam dado cem passos quando viram, sentados à beira do caminho, dois seres deformados que estavam pedindo esmolas.

Eram o Gato e a Raposa, mas ninguém os reconheceria. Imaginem que o Gato, de tanto fingir que era cego, acabou ficando cego de verdade. E a Raposa, envelhecida, carcomida e sem pelos em um lado do corpo, nem mesmo possuía sua cauda. As coisas aconteceram assim: aquela ladra, depois que caíra na mais sórdida miséria, viu-se obrigada a vender sua belíssima cauda a um vendedor ambulante, que a comprou para fazer um espanador.

— Oh, Pinóquio! — gritou a Raposa com voz melancólica. — Tenha caridade com esses dois pobres doentes!

— Doentes! — repetiu o Gato.

— Adeus, seus malandros! — respondeu o boneco. — Me enganaram uma vez, mas agora não vão me tapear.

— Acredite em nós, Pinóquio, agora somos pobres e desgraçados de verdade!

— Se são pobres, é bem merecido. Lembrem-se do provérbio que diz: "Dinheiro roubado nunca dá fruto". Adeus, malandros!

— Tenha compaixão de nós!

— De nós!

— Adeus, malandros! Lembrem-se do provérbio que diz: "Tanto vai o pote à fonte, que um dia quebra".

— Não nos abandone!

— ...one! — repetiu o Gato.

— Adeus, malandros! Lembrem-se do provérbio que diz "Quem rouba o agasalho do próximo, morre sem camisa".

Pinóquio e Geppetto continuaram tranquilamente o seu caminho até que, cem passos mais à frente, viram que no fim do caminho, no meio do campo, havia uma cabana de palha, com teto de palha e tijolos.

— Naquela cabana deve morar alguém — disse Pinóquio. — Vamos até ela e chamaremos ali.

Efetivamente, foram até lá e chamaram na porta.

— Quem é? — perguntou uma vozinha de dentro.

— Somos um pobre pai e um pobre filho, sem pão e sem teto — respondeu o boneco.

— Virem a chave e a porta se abrirá — disse a vozinha.

Pinóquio virou a chave e a porta se abriu. Quando entraram, olharam para todos os lados, mas não viram ninguém.

— Hã? Onde está o dono da cabana? — perguntou Pinóquio assombrado.

— Aqui em cima!

Pai e filho olharam para o teto e viram, sobre uma viga, o Grilo Falante.

— Oh! Meu querido Grilo! — disse Pinóquio, cumprimentando-o de maneira amável.

— Agora você me chama de "meu querido Grilo", não é? Mas você se lembra de quando me expulsou da sua casa e jogou em mim um pedaço de madeira?

— Você tem razão, Grilinho! Pode me expulsar... jogue em mim um pedaço de madeira, mas tenha piedade do meu pobre pai!

—Terei piedade do pai e também do filho, mas queria lembrá-lo dos seus maus-tratos pra lhe ensinar que, neste mundo, quando possível, devemos tratar todos de forma cortês, se quisermos receber a mesma cortesia no dia em que precisarmos.

— Você tem razão, Grilinho, você tem muita razão, e não me esquecerei desse conselho jamais. Mas, diga-me, como você comprou esta linda cabana?

— Esta cabana me foi dada de presente por uma cabra graciosa, que tinha o pelo da cor azul, muito bonito.

— E para onde foi essa cabra? — perguntou Pinóquio com muita curiosidade.

— Não sei.

— E quando voltará?

— Não voltará nunca. Ontem ela partiu muito aflita e parecia dizer, berrando: "Pobre Pinóquio! Não voltarei a vê-lo, a esta hora o Tubarão já deve tê-lo devorado...".

— Disse isso? Então era ela! Era ela! Era a minha querida Fada! — começou a gritar Pinóquio soluçando e chorando puras lágrimas.

Depois de chorar muito, enxugou os olhos e preparou uma cama para que o velho Geppetto se deitasse. Depois perguntou ao Grilo Falante:

— Diga-me, Grilo, onde poderia encontrar um copo de leite para o meu pai?

— A pouca distância daqui mora um hortelão chamado Janjo, que é dono de umas vacas. Vá até ali e achará o leite que você procura.

Pinóquio saiu correndo até a casa do hortelão Janjo, mas o hortelão disse:

— Quanto de leite você quer?

— Quero um copo cheio.

— Um copo de leite custa um centavo. Comece por me dar ele.

— Não tenho nem um centavo — respondeu Pinóquio mortificado e doído.

— Muito ruim, meu boneco — respondeu o hortelão. — Se não tiver um centavo, eu não terei nem um dedo de leite.

— Paciência! — disse o boneco e fez sinal de que ia embora.

— Espere um pouco — disse Janjo. — Podemos fazer um acordo. Você sabe girar a nora?

— O que é nora?

— É aquela engenhoca de madeira que serve para tirar água da cisterna pra regar os vegetais.

— Vou tentar...

— Então, tire cem baldes de água e darei pra você, em troca, um copo de leite.

— Tudo bem.

Janjo levou o boneco até a horta e ensinou-lhe a forma de fazer girar a nora. Pinóquio pôs-se a trabalhar imediatamente, mas antes de ter terminado os cem baldes, estava molhado de suor da cabeça aos pés. Nunca tinha trabalhado tanto.

— Até agora, este trabalho de dar voltas na nora — disse o hortelão — tinha sido feito pelo meu burro, mas hoje o animal está morrendo.

— Posso vê-lo? — disse Pinóquio.

— Com prazer.

Quando Pinóquio entrou na cavalariça, viu um burro tombado sobre a palha, esgotado pela fome e pelo excesso de trabalho. Quando olhou para ele fixamente, disse a si mesmo, ficando chateado:

— Eu conheço este burro! Sua cara não me é desconhecida!

E, inclinando-se para ele, perguntou em dialeto asinino:

— Quem é você?

Ao ouvir a pergunta, o burro abriu um dos olhos moribundos e respondeu balbuciando no mesmo dialeto:

— Sou Me... me... cha...

Depois, fechou os olhos e partiu.

— Oh! Pobre Mecha! — disse Pinóquio em voz baixa e, pegando um pouco de palha, enxugou uma lágrima que correu pelo seu rosto.

— Você fica comovido com um asno que nada lhe custou? — disse o hortelão. — O que deveria fazer eu, que o comprei com dinheiro de verdade?

— Eu lhe direi... Era um amigo meu!

— Amigo seu?

— Um colega da escola!

— Como? — gritou Janjo, soltando uma grande gargalhada. — Como? Seus colegas de escola eram burros? Imagino como deveriam ser seus estudos!

O boneco, mortificado por essas palavras, não respondeu. Pegou seu copo de leite recém-ordenhado e voltou para a cabana.

Desde esse dia, continuou por mais de cinco meses levantando-se todas as manhãs, antes do amanhecer, para dar as voltas na nora e ganhar aquele copo de leite que ajudava a saúde debilitada de seu pai. Mas não estava feliz só com isso, porque, em tempo de descanso, aprendeu a fazer cestos e cestas de vime. Com o dinheiro que recebeu deles, cobriu de forma admirável todas as despesas diárias. Entre outras coisas, ele construiu com as próprias mãos um carrinho elegante para levar seu pai para passear nos dias bonitos, para que ele pudesse tomar um ar.

Além disso, à noite, ele praticava a sua leitura e a sua escrita. Ele havia comprado na cidade vizinha, por alguns centavos, um grande livro sem capa ou índice, e leu-o . Quanto à escrita, usava uma palha macia como caneta, e como não tinha tinta, nem tinteiro, mergulhava-o numa pequena garrafa cheia de suco de amora e cereja.

O fato é que, dada sua disposição de administrar, trabalhar e progredir, não só conseguiu manter seu pai, que estava quase sempre doente, mas também poupar quarenta centavos para comprar um terno novo.

Uma manhã, disse ao pai:

— Vou ao mercado local para comprar uma jaqueta, um gorrinho e um par de sapatos. Quando voltar pra casa — acrescentou rindo —, estarei tão bem vestido que você vai achar que sou um senhor importante.

Ele saiu de casa e começou a correr alegre e feliz. De repente, sentiu que estava sendo chamado pelo nome. Virando-se, ele viu um lindo Caracol saindo da cerca.

— Não me reconhece? — disse o Caracol.

— Não sei, não sei...

— Lembra-se daquele Caracol que era o criado na casa da Fada de cabelos azuis? Não se lembra daquela vez que desci para deixar você entrar e você ficou com o pé preso na porta da casa?

— Sim, lembro perfeitamente — gritou Pinóquio. — Responda-me rapidamente, Caracolzinho lindo, onde você deixou a boa Fada? O que ela faz? Está longe daqui? Poderia vê-la?

Para todas essas perguntas, feitas apressadamente e sem respirar, o Caracol respondeu com sua calma habitual.

— Meu Pinóquio! A pobre Fada jaz num leito de hospital...

— No hospital?

— Infelizmente! Oprimida por tantos infortúnios, adoeceu gravemente e não tem dinheiro nem pra um pedaço de pão.

— Verdade?... Oh, que grande dor você me deu! Oh, pobre Fada! Pobre Fadinha! Pobre Fadinha! Se eu tivesse um milhão, correria pra dá-lo a ela... Mas tenho apenas quarenta centavos... Aqui estão, ia comprar roupa nova. Pegue-os, Caracol, e leve-os rapidamente pra minha boa Fada.

— E seu paletó novo?

— O que importa um paletó novo? Venderia estes trapos que levo em cima para poder ajudá-la!... Vá, Caracol, e apresse-se. Volte daqui a dois dias, que espero poder lhe dar mais dinheiro. Até agora eu trabalhei pra manter meu pai; de hoje em diante, trabalharei cinco horas a mais pra manter a minha boa mãe. Adeus, Caracol, espero você aqui em dois dias.

O caracol, contra sua natureza, começou a correr como uma lagartixa em pleno sol de verão.

Quando Pinóquio voltou para casa, seu pai lhe perguntou:

— E o paletó novo?

— Não encontrei um que ficasse bem. Paciência! Comprarei em outra ocasião.

Aquela noite, Pinóquio, em vez de ficar acordado até as dez, ficou até passar a meia-noite. No lugar de fazer oito cestos de vime, fez dezesseis.

Então ele foi para a cama e adormeceu. Nos sonhos ele pensou ter visto a Fada, muito bonita e sorridente, que, depois de beijá-lo, disse:

— Muito bem, Pinóquio! Graças ao seu bom coração, eu lhe perdoo por todos os truques que você fez até hoje. As crianças que amavelmente ajudam seus pais na miséria e na doença, sempre merecem elogios e carinho, embora não possam ser citadas como modelos de obediência e bom comportamento. Tenha juízo no futuro e você será feliz.

Nesse momento o sonho acabou e Pinóquio acordou com os olhos arregalados.

Imaginem como foi o seu espanto quando, ao acordar, percebeu que não era mais um boneco de madeira, mas se tornara uma criança como todo mundo. Ele olhou em volta e, em vez das habituais paredes de palha da cabana, viu uma bela sala mobiliada e adornada com uma simplicidade quase elegante. E quando ele pulou da cama, encontrou um novo vestuário, um novo chapéu e um par de botas de couro que eram uma verdadeira beleza.

Assim que se vestiu, teve a ideia de colocar as mãos nos bolsos e deles tirou um pequeno moedeiro de marfim, no qual estavam escritas estas palavras: "A Fada de cabelo azul devolve ao querido Pinóquio os quarenta centavos e muito lhe agradece por seu bom coração". Abriu o moedeiro e, em vez de quarenta centavos de cobre, encontrou quarenta moedas de ouro recém-fabricadas.

Depois foi se olhar no espelho e achou que fosse outro. Não viu, no reflexo, sua habitual imagem de boneco de madeira, mas viu o rosto brilhante e inteligente de um belo rapaz de cabelos castanhos, olhos azuis e um ar alegre e festivo como a Páscoa.

No meio de todas essas maravilhas que aconteceram uma após a outra, Pinóquio não sabia mais se estava realmente acordado ou se continuava sonhando de olhos abertos.

— Onde está meu pai? — gritou de repente e, entrando no cômodo ao lado, encontrou o velho Geppetto, saudável, animado e de bom humor como no passado, pois ele tinha voltado à profissão de entalhador e desenhava uma linda moldura com folhas, flores e cabecinhas de diferentes animais.

— Tire-me uma dúvida, papaizinho. Como se explicam todas essas mudanças repentinas? — perguntou Pinóquio, pendurando-se em seu pescoço e o cobrindo de beijos.

— Essas mudanças repentinas em nossa casa são mérito seu — disse Geppetto.

— Por que mérito meu?

— Porque quando as crianças más se tornam boas, elas recebem o mérito de conseguir uma nova aparência e colocam um sorriso no interior das suas famílias.

— E onde estará o velho Pinóquio de madeira?

— Aí está — respondeu Geppetto e apontou para um boneco grande apoiado numa cadeira, com a cabeça virada para um lado, os braços pendurados, as pernas cruzadas e meio flexionadas. Parecia um milagre que estivesse equilibrado.

Pinóquio voltou a olhá-lo e, depois de observá-lo por um tempo, disse a si mesmo, com grande complacência:

— Como eu era engraçado quando era um boneco! E como estou contente por ter me tornado um menino como deveria ser!